桃花流水杳然去

王鼎鈞

目錄

輯二　我也可以說不

輯三　雪夜寫專欄，血液不結冰

輯四　教外別傳十三篇

【代序】
我與雜文

當我還是文藝小青年的時候，我就寫雜文了，兵慌馬亂中，我有幾篇雜文可供報紙補白，也有多篇雜文充實了編輯部的字紙簍。寫作，人家是先寫詩，我是先寫雜文。

一九四九到臺灣，我以寫作謀生，初期的作品幾乎全是雜文，因為我有許多心事要吐露，那時，我還沒有能力把心事轉化成一個故事或一首詩歌。再說那時在臺灣賣文，幾乎沒有自由市場，只有幾家日報接受投稿，報紙歡迎雜文。

報紙的特性是每天出版、連續出版，報導點點滴滴、形形色色的新聞。新聞只能陳述事實，不能夾帶意見，但是讀者讀了新聞，需要意見，期待有人大聲評論，報社要找人寫出他們的意見，或者植入他們能夠接受的意見，提高他們讀報的興趣。因此報上有好幾個雜文專欄，每天跟在新聞後面說長道短。我有幸得到其一。

這種專欄每天一篇，每篇固定六百字或八百字，排成方形，俗稱「小方塊」，在技術上唯有雜文可以適應。這種文章要迅速到位、速戰速決，小說太迂迴，詩太隱藏，雜文恰恰有此特性。文章雖短，但每天一篇，稿費積少成多，每月結算下來，跟報館的一個編輯相近。作者急功近利、大量生產、迅速發表，還可以預支稿費。那時的說法：寫詩可以喝咖啡，寫散文可以吃快餐，寫小說可以包伙食，寫小方塊可以養家。

這麼說，寫雜文豈不是需要淵博的學問？年輕人如何可以勝任？這就得說出六〇年代臺灣報紙成長的歷程。如所周知，那時臺灣戒嚴，管制新聞，各報政治新聞大同小異，國際新聞遙遠模糊，社論眾口一詞。那時能夠表現自家特色的版面，只有地方犯罪新聞和副刊，副刊最受重視的文章就是一個雜文專欄、一部連載的小說。專欄作者常常向地方新聞取材，蜚短流長，惹是生非，兩者相加，效果擴大，引惹大眾買報訂報的動機。那時，老成持重的人不肯寫這樣的文章，我這個初生之犢甘願鋌而走險。

那時，我是說五〇年代到六〇年代，臺灣的讀者大眾打開報紙，並非尋找廣徵博引、依賴真知灼見，流行的觀念是報紙應該說真話，真話就是我對政府不滿意，你要敢「罵」，不能罵總統，罵院長部長也好；不能罵院長部長，罵警察局長、稅捐處長也好，凡「長」皆該罵，即使只能罵小學校長、火車站長，也算對得起訂戶的辛苦錢。訓斥別人的過失是很容易的事情，我的角色不難扮演。

那時流行的說法，讀者是群眾，喜歡簡單、痛快、尖銳、火辣，對溫柔敦厚、和平中正沒有感覺。因此雜文若要殺出一條路，開闢生存空間，就得說反話、說過激的話、說尖酸刻薄的話。這好像也是三〇年代以來雜文的經典作風？流風餘緒，臺灣繼承有人。我並不喜歡這樣的風格，為了維持職業，也只有勉強行之。

由五〇年代到六〇年代，臺灣的報紙增加了好幾家，競爭越來越激烈，我的機會也增加了。報館在各地設立分銷處，廣徵業務員，如果有人不肯訂報，業務員就要登門求教，我們的報紙有什麼地方不好。每月月底，分銷處把各個業務員的意見彙集起來報告總社，總社的編輯部就要立即改進。如果分銷處說，你們的小方塊太平淡，看了不過癮，報社立即破格擢用人才。

五〇年代的臺灣文學，可以說是三〇年代中國大陸文學的殘聲，渡海而來者成主流，每個作家背後有一個大陸作家。戲劇背後有田漢、洪琛，小說後面有巴金、茅盾、端木蕻良，雜文背後有魯迅，臺灣的讀者需要魯迅，於是魯系雜文走紅。我並不喜歡魯迅，我喜歡「非魯系」的雜文，如夏丏尊、陳西瀅、梁實秋、周作人、林語堂。我喜歡西方作家培根、蒙田、愛默森。但是，如果我下筆比較持平、比較溫厚，不但總編輯旁敲側擊，也會有許多讀者來信譏諷，問我是不是被國民黨收買了？這真是「人在江湖、身不由己」，只有參加作文競賽。

儘管氣性並不相近，有樣學樣倒也不難，只要你把人性中的某一部分釋放出來。我本是一個老實人，學習尖酸刻薄、口不擇言，我晚年寫過一篇文章〈我後悔說了那些話〉。那些話是什麼話，此處也就休提了吧。六〇年代，臺灣，魯系雜文的風格盛極一時，政論刊物的社評、大學教授的論文、立法委員的質詢、中學聯考的試卷、軍中政工的文宣、電視劇臺詞都出現魯系筆法。而我，據名作家魏子雲的考察，我「寫什麼像什麼」！這口業也就可想而知了。

說時快，那時遲，進入七〇年代，文風有了變化。當然這種轉變由隱而顯，並非一刀可以切開，所謂六〇年代、七〇年代，不過是沿用一般敘述的習慣。七〇年代，魯系雜文退潮，報上的「小方塊」悄悄的發生變化。「悻悻」不見了，「彬彬」來眼前，血性減少，情趣增加；殺氣減少，逸氣增加；武斷減少，商量增加。眼見它以談天代罵陣、以天女散花代金剛怒目、以輕裘緩帶代披甲戴盔、以與人為善代嫉惡如仇、以春風江南代秋風塞北，如是等等，不一而足。

雜文轉型，由於報紙轉型。報紙轉型，應該是由於社會轉型。社會轉型，可能是因為教育普及，讀者水準提高。再說由五〇年代到七〇年代，臺灣有幸保持「風雨中的寧靜」，沒幾個人還有假想敵，沒幾個人還需要匕首和輕騎兵，人，並不需要恨一個人才可以活下去，並不需要全副甲冑怒目而視才可以維持自尊，人際關係是合唱，不是打擂，戾氣不能頂替正氣，正氣也不需要通過戾氣來表現。報紙由爭取那樣的讀者改為爭取這樣的讀者，雜文也就從那樣的風格改成這樣的風格。

說到讀者的水準品味，七〇年是換盡舊人了。報紙讀者至少高中畢業，社會上已有人指出大學生過剩。七〇年代的「大眾」，不再是四〇年代的「群眾」，他們引車賣漿，精神上可能是士大夫。大潮流捨棄為目的不擇手段，目的不能使手段成為正確，刺激不能使反應成為正確，技術可以摧毀原則，弔民伐罪可以變成屠城，亂臣賊子人人得而誅之？他們已知道程序正義。

我還要讚嘆報紙經營者能夠與時俱進、升級轉型。報人的素養本來很高，天翻地覆那一年逃到臺灣，雄才大略，屈以求伸，起初，艱苦奮鬥，不拘細節，等到報紙越辦越大、地位越來越高，新聞學理論標揭的空談，對他有了實際的意義。他人有心，予忖度之，他會想到將來新聞史怎樣寫他、今天的上流社會怎樣看他，這種思考會反映在他的事業上。臺北社會，「五〇年代比房子」，你住在什麼地段、什麼社區；「六〇年代比孩子」，你的孩子在哪個學校、哪個國家；「七〇年代比老子」，你爸爸是哪一流人物。他人有心，予忖度之，新聞界一代人傑，報格為人格之投射，事關全家族的尊嚴和蓋棺後的定位，他當然修正果、繼正統、爭上游。一人得道，雜文作家都跟著升天。

在臺灣，「魯迅譜系」以外的雜文本來也自成族類，這是雜文的清流，說來也是源遠流長。起初人心浮躁、味蕾遲鈍，「非魯系」雜文如茶，「魯系」雜文如酒，大眾嗜酒多、品茶少。飲茶的人口增長比較快，副刊小專欄執筆人的汰換率也就比較高，後之來者語言溫雅、美刺有度，更重要的是他們的世界觀補救了一般雜文的偏狹。雜文從此去酒、改茶。去血性，揚情趣；去殺氣，增逸氣；避武斷，就學問。我稱之為雜文的解甲歸田。臺灣文學成熟了，一步一步走出三〇年代左翼的翅膀，有自己的題材、風格、思維，最先是詩，然後小說，然後戲劇，最後雜文。

報館不斷增加新設備，全面改用電腦排版，我覺得這也是一件大事。從前報紙用活字排版，鉛字都是方形，一個一個鉛字排列出來的圖形也只能是方形，文章和文章之間的區隔也只能用直形的線條，所以雜文小專欄叫做小方塊，直線和方形，給人的感覺是文章也該有稜有角、鐵面刀筆。電腦可以把文章排成多種形狀，如圓形、紡錘形，線條也可以畫出多種形狀，如圓周或弧形，版型活潑柔軟，正好配合雜文風格的改變，好像從此脫胎換骨、革面洗心。

想那魯系雜文鼎盛的時代，柏楊批評我的專欄，說是越來越像胡適，一點感情也沒有了。這話似褒而實貶，「越來越像胡適」，也就越來越不像魯迅。我本來就不是魯系，勉強說些「尖刀」一樣的話，人家是談笑自若，我已聲嘶力竭了。雜文轉變，我有了不尖酸、不刻薄的自由。我一向喜歡培根、蒙田、愛默森，我喜歡陳西瀅、梁實秋、周作人，我一直對他們遙遙相望，只是中間隔著一群氣勢洶洶。我虛虛實實應付了這麼多年、真真假假寫了這麼多字，總算到這一天，看見本色，聽見主調。我也開始有自己的精神面貌，警句從靈性來，不從憤世嫉俗來；新意不從逆向行駛而來，從向前延伸而來。寫雜文不是對敵人喊話，是和朋友對話；不是把墨水變成別人的血，是把自己的血變成墨水。

說著說著，歲月催人，甚矣吾衰，我喜歡現有的雜文、喜歡向散文歸化的雜文。這時候，雜文是老年人的文學體裁。老年人做容易的事情：登山改為散步，喝酒改為飲茶，吵架改為禱告，反對宣戰、主張和談。於是，寫詩寫小說改成寫雜文，寫雜文最容易。老年作文，想像力減退，以分析反省補救，不能反省就完了。好奇心減退，同情心補救，沒有同情心完了。老人雜念多，正念、邪念、惡念、善念都有，貪嗔痴、智仁勇都有，他得以以雜念為材料，營造一個圓滿自足的小宇宙，如果把這些原料當成品，那也完了。

就這樣，我由戰戰兢兢寫雜文過渡到正正經經寫雜文，再到瀟瀟灑灑寫雜文。老年雜文如夕陽溫和，閱歷多，學問少，情感內斂，語言周密。不求近功，不圖急功，不攘人功，不貪天功。我這樣寫，遠遠近近的同文也這樣寫，上上下下的同好也鼓勵我們這樣寫。可是今天的讀者和作者都只說散文，不用雜文這個名稱了，好像雜文專欄、雜文作家都很難聽似的，此一時也，彼一時也；天何言哉！天何言哉！

輯一

整理那飛蚊一般的觀念

文學與政治

文學作品能使大眾相信尚未發生之事，秦朝直到始皇帝死亡，並未將阿房宮建成，可是唐朝的杜牧寫了一篇〈阿房宮賦〉，天下後世多少人都「知道」秦始皇在這座龐大奢華的建築裡住了三十六年。

文學作品能使人樂意去做某些事情，「讀了詩經會說話，讀了易經會占卦，讀了水滸會打架。」「讀了紅樓會吃穿，讀了三國會做官，讀了水滸想招安。」詩歌小說都製造欲望和情感，而欲望和情感是行為的動力。

文學有這樣的功能，宗教家、資本家、政治家都為之傾心，這三種人物都希望大眾相信他描述的尚未發生之事，因而改變了行為。文學家與這三種人合作由來已久，他們跟政治家合作的經驗最不愉快，宗教家、資本家手中只有軟性的權力，對作家只能動之以利或動之以義，政治家手中有硬性的權利，對作家可以脅之以勢，繼之以迫害。

還有，資本家比較老實，他擺明了為的是自己的利益，他對消費者「只能誇大，不可欺騙」。宗教信誓旦旦為了別人的利益，如果欺騙，他的騙局在世界末日來臨之前不會被揭穿。政治呢，它實際上也許是資本家，文學把它化妝成宗教家，既誇大又欺騙，要命的是真相「立即」大白，作家陷於尷尬之境，既難自解，又難自拔。一九三〇年代，中國作家與政治是天作之合，到了五〇年代就演為家庭暴力，作家硬說孟姜女來到長城之下沒哭，她唱歌，連作家自己也不相信。

有些作家誓言與政治絕緣，這又如何辦得到？文學表現人生、批判人生，而政治管理人生、規畫人生，這就難分難解。日出而作，你要坐地鐵；日入而息，你要找停車位；鑿井而飲，你要自來水中沒有大腸菌；耕田而食，你要青菜沒有農藥；帝力何有於我哉，經濟海嘯來了，你得靠政府發失業補助金。你表現人生就看見了政治，你批判人生就褒貶了政治。

還有，你需要創作自由，你的版權需要保護，你的銷路、你的讀者的購買力需要經濟政策成功。「獨坐幽篁裡，彈琴復長嘯」，需要警察維持治安，沒人闖進來搜你的口袋。蓮花出淤泥而不染，那是蓮花高潔，可是如果沒有淤泥中的營養和水分？……作家應該厭棄的是獨裁者而非政治，獨裁者和政治並非同義。如果請他到文化建設委員會領演出補助費，他欣然前往，如果勸他投票，他斷然說我討厭政治，這是很奇怪的思維。當然，故意混淆可以規避社會責任，那是聰明過人。

再說政府應該了解，「文章華國」並非說它是政權的裝飾，而是說它是國家的光環，能在世界上增加國家的知名度和吸引力，引世人尊敬和嚮往。小小瑞典出了個安徒生，就在全世界兒童的精神領域成為泱泱大國。文學藝術使窮人變富人、使富人變貴人、使貴人變聖人，促進人民的精神生活，提高國民語言水準，即使罵人也罵得有風格。不要把文學看成海報標語，可以一夜貼滿大街小巷，一夜又撕去。文學家是沒有用的人，但「無用之用大矣哉」！優秀的文學作品是國家民族的文化資產，一個負責任的政權一定有心給後世留下這一類東西，你不能希望作家不分青紅皂白一定附合政治，那樣會損傷藝術性，真正的作家不為，你也可以放心，「不分青紅皂白一定反對政治」亦然。

回響

從百慕達來的：還記得那句名言？「世上最齷齪的東西有兩種，一是……，還有一個就是政治，這兩樣東西都是男人最喜愛的。」

文學這匹白布，怎麼可以送進政治那個大染缸！

第十三使徒：村上春樹最近有一篇著名的演講，宣稱自己「永遠站在雞蛋那一方」。他把民眾比喻成一堆雞蛋、把政治體制比喻成一堵高牆，他好像「一定反政治」，這個立場好像並未損害他的藝術，他的小說非常好。

約但河商人：文學作品站在政治的對立面才可以彰顯自己的特色，說來也是無奈，女權運動家要站在男人的對立面，馬丁路德要站在教皇的對立面。文學未必是白布，他仍然得排斥染缸，說來就是這麼一回事。

W88：群眾是雞蛋？一九四七、四八年間中國遍地學潮，學生不是雞蛋，像洪水，水能覆舟。

從百慕達來的：春上村樹的小說並未「一定反政治」，他在說社會生活，不是談作品內容。「反政治」也是染缸。

W88：群眾如果是雞蛋，也未必都是好蛋。春上的論調並非原創，王鼎鈞在《講理》一書中引述吳稚暉的言論：民眾跟官吏打官司，他一定支持民眾；學生跟學校打官司，他一定支持學生。王鼎鈞曾在書中設問：難道不問誰對誰錯？這個疑問，春上在他的演講中提出答案，他說是非對錯留待後人判斷。我覺得這並非很好的答案，春上把他自己矮化了，他也成了群眾中間盲從浮動的一分子。

楚材晉不用：「文學作品能使大眾相信尚未發生之事」、「三〇年代，中國作家與政治是天作之合，到了五〇年代就演為家庭暴力」、「文學藝術使窮人變富人、使富人變貴人、使貴人變聖人」、「作家不分青紅皂白附合政治會損傷藝術性，不分青紅皂白反對政治亦然」，這些話都說得好，這才是本文的精華。

文藝和色情

藝術和色情的恩怨糾葛說得清楚嗎？

首先我得說，藝術品有商品的性格，藝術創作的規律和市場規律有局部疊合，市場投資講求利潤，「殺頭的生意有人做，賠本的生意沒人做。」如所周知，追求利潤就要追求更多的消費者，消費者的結構像金字塔，素質越高，人數越少，文藝作品上市要努力吸引大多數人，遷就他們的水平。

一位牧師說過，人生在世最喜歡三樣東西：一是不合法的，二是不道德的，三是使人發胖的。文藝中的色情向法律和道德挑戰，迅速占領金字塔的底層，多年奮鬥，法律和道德尺度一再退縮，爭議也縮小了範圍，有商業做後盾，這些爭議或許終歸寂然，因為商人能修改一切道德標準。

這僅僅是其一。

文學藝術的最高要求是創新，畫家大澤人稱為「越雷池一步」、「無所不用其極」；劇作家魏明倫稱之為「喜新厭舊、得寸進尺」。當代思潮所謂「顛覆」、「解構」，其精神大抵如此，有為者求突破、闖禁區，前有古人，後有來者。

兩千年、三千年以來，作家藝術家高度開發，四海已無閒田，唯有「性」尚有很大空間。文學表現人生，「性」是人生重要的一部分，如何禁止創新者染指？創作需要自由，而且需要完全的自由，作家得此護身符，可以恣意操弄性潮，衝入文學聖殿，包圍文學獎，左右文學評論，甚至成為高行健得到諾貝爾獎的一個理由。

性是很大的賣點，「無性不成書」，商業需要與藝術需要混淆難以判斷，非難者遭受假道學和開倒車的指責，漸漸喪失發言權。

這僅僅是其二。

接著出現如下的情勢：人在市場，身不由己。「競爭」是他的宿命，消費者要求以同樣價錢買到更多的東西，或者更便利的工具，或者舒適的享受，順我者昌，逆我者亡。商業導引作家競爭，作家配合商業競爭。本來商品可以競爭，藝術品不宜過分競爭，後來也顧不得了。

以我看電影的經驗而論，最初女性穿著長裙，她站在路邊，提高裙子，露出小腿，引誘駕駛人停下來載她一程，那是我看到的初期性感。後來「身不由己」，漸次要露出大腿、露出乳壕、上身赤裸、全身赤裸。「全裸」經過爭論，初步協議是全裸，但是只照背影，不久就改成全裸，但是只顯示正面，靜立不動，據說這樣像一尊銅像，不傷風化。沒有一道閘門能攔住洪流，「裸像」動起來，由獨動到男女互動，由女裸男不裸到男女全裸，全裸的男子不能露出生殖器，最後生殖器也赤裸裸。

以床戲而論，起初是男女衣履完整，男子把女子推倒在床，自己撲上去，鏡頭立即切斷轉場。後來男女只裸上身，仍然穿著褲子，然後女子全裸、男子半裸，床上擁抱翻滾，鏡頭輪流拍出上半身和下半身。五〇年代之末，我在臺灣做影評人，有一部片子的床戲引起爭議，全裸的女子躺在床上張開雙腿，全裸的男子由兩腿中間跪下去，經過一再「會審」，檢查機構還是把它剪掉。今天誰還在乎這個？

同步發展的是喉嚨文學、哺乳文學、肚臍眼文學、鼠蹊部文學……

當年討論文學中的色情描寫，有人提出一個尺度，「你在客廳裡朗誦給十七歲的女兒聽，你自己不會臉紅。」現在的情勢是女兒朗誦給你聽，只有你臉紅。

如此這般，究竟有多大成分出於藝術上的需要呢？道德步步後退，道德從來是後退的，藝術又究竟因此「進」了多少呢？題材大膽與藝術成就是否成正比呢？好像已經沒有人願意回答這些問題了。

文藝與道德

人與人的行為交叉互動，行為從人性出發，包括道德不道德，也包括表面道德其實不道德，或表面不道德其實道德。文學作品既然表現人生，作家就要考慮到人的複雜，不能以道德予以簡化。

以短篇小說而論，文評家說它寫的是「一個人，遇見一個問題，他想了一個辦法來解決，得到結果」。進一步推演，它是「一個性格突出的人，遇見一個非常的問題，他想了一個獨特的辦法來解決，得到意料之外的結果」。從文學理論家的界說可以看出道德的局限，道德常常傾向於不作為，而且往往難以解決「不道德」的問題，看來「不甚道德」的人比較能幹一些，軍隊作戰的時候，往往是平時「調皮搗蛋」的分子有能力完成任務。一個單位裡如果個個君子，難免單調沉悶，一旦進來一個「通權達變、不拘細行」的新同事，馬上古井生波，軼聞掌故陸續產生，人人眉宇間多了些朝氣。

道德缺少戲劇性，戲劇性是文學作品的一個成分，它常由壞人產生，所以戲劇中不能全是好人。從前地方戲的口訣「戲不夠神仙救」、時代戲的口訣「戲不夠壞人救」；從前說「無女人不成戲」，現在說「無壞人不成戲」，兩句話的意思其實差不多，前代編導歧視女性，常把女人塑成負面角色，利用她推動情節。

我們常說「百善」、「萬惡」。善行大致類似，罪惡的行為則千奇百怪、匪夷所思。你想捐錢給紅十字會嗎？那很容易，技術上沒什麼挑戰性，如果是向官員行賄就不同，你得夠聰明機巧，有幾分發明天才。捐款的經過平鋪直敘，行賄的經過卻可能很有趣或者很曲折，你願意聽一個行賄的故事還是聽捐獻的故事？

給歹角編戲難度高，編導先得自己「夠壞」。好萊塢電影常常成為壞人作奸犯科的教材：香港一名大盜，開著挖土機挖掉銀行門側的自動取款機，那玩意兒的重量是七百五十公斤，他是看電影、學做案。紐約一名強盜坐在輪椅上，腿上蓋著毯子，由一個女子推進銀行，那男子突然掀開毯子，拔出手槍，這一對雌雄雙盜也承認他們作案的手法由電影學來。

中國的京戲不外「忠孝節義」，那是大處著眼，但戲劇是由許多細節組成，京戲對人心的奸詐險惡做了「有情的揭露」，入木三分但不失忠厚，壞人竭盡聰明機巧，最後卻成全了好人，這是京戲的風格。究竟是哪一部分叫看戲的人津津樂道呢？是壞人做了些什麼，不是好人最後得到了什麼。曹操欺負漢獻帝，能使一個莊稼漢跳上戲臺把曹操殺死，郭子儀勤王能有這樣的效果嗎？

作家常以「不道德」或「非道德」為創新的手段。例如「夫婦互相體諒」是道德典範，也是故事陳套，推陳出新的方法之一是反其道而行。有一個流傳已久、不知來源的故事，他在家中舉行宴會，慶祝結婚二十週年，至親好友來做長夜之飲，忽然發現男主人不見了，大家到處尋找，在後院的石凳上找到他，只見他丟掉領帶、敞露前胸，手裡提著空空的酒瓶發呆。朋友問他怎麼了，他說：「結婚後三個月，我就發現無法跟她共同生活，她又堅決不肯離婚，我想殺了她。律師告訴我，你如果那樣做了，法院會判你二十年徒刑，二十年太長了，我只好忍下來。你看，今天二十年了，如果我當初殺死她，今天我也自由了！我好後悔啊！」它顯然不道德，然而很精采，作家很難抵抗這種誘惑。

戲劇不允許好人做單調的表演，如果引入壞人，那歹角可能奪走觀眾的注意力。戲劇情節向高潮發展，可以把不道德推向極端，相形之下，道德的揮灑空間較小。例如那一部叫做《色．戒》的影片，獻身抗戰的美女愛上他們要暗殺的大漢奸，洩漏了機密，以致參與行動的愛國青年全體喪生。故事顯然違背道德家的要求，但是戲「好看」，道德家能提出更好的設計嗎？

餘波

早起看鳥：平劇「有聲皆歌，無動不舞」，可說是歌舞劇，以音樂舞蹈為主，文學性的情節並不重要，像歌劇《卡門》，為了容納音樂，把小說中的許多情節都刪掉了。散文小說不能和它相提並論。

讀者即賭者：欣賞音樂和舞蹈時我們不厭重複，一個故事我們不可能連看十遍，一段演奏就能連聽十次。我們對兒時讀過的童話等閒視之、對兒時熟悉的歌曲一往情深。單就故事情節而論，「創新」給文學作家的壓力特別大。

我們是透過演員的表演接受戲劇的，我們願意一次一次重看某一部戲，往往是因為每次都換了演員，好演員有能力化腐朽為神奇，他也是藝術家。文學作品沒有人從中加持，也沒有人分掉他的光采。

約旦河商人：「捐錢給紅十字會很容易，如果是向官員行賄就不同。」如果你想從紅十字會的手中挖走一筆錢，那就更難，所以稱為智慧型的犯罪。這種行為太專業、太隱蔽，所謂大盜從來不必打開失主的箱子，反而沒什麼看頭，遠不如武俠片刀光劍影、五步濺血。

W88：道德行為和不道德行為都是文學素材，素材不能決定作品的高下，「捐獻全部積蓄」是道德的，「捲款潛逃」不道德，分別寫成兩篇東西，前者並不「一定」就比後者好，可是也不「一定」就比後者壞。

至於說顧及社會影響，寧可要「道德」的平庸作品，也不要「不道德」的精采作品，那是文學範圍以外的事。

人生經驗一席話

人有了一把年紀，難免有人請他談人生經驗，他提出來的答案往往並不是他真正的經驗，就像奶粉公司推銷產品，海報上印出來的那個胖娃娃並沒有吃過他家的奶粉。不過那天我說了真話。

我的經驗可以分成兩大部分，一部分是太平的經驗，或者說是正常的經驗；一部分是亂世的經驗，也就是非常的經驗。這兩種經驗有很大的差別，你可以說太平人和亂世人簡直是完全不同的兩種人類。

一九三七年，日本軍隊製造蘆溝橋事變，中國開始八年抗戰，這年我十二歲。在這年以前，我是個太平人，長輩灌輸給我許多正常的生活經驗。這一仗打了八年一個月又零多少天，抗戰結束了，接著又是四年內戰，前後一共十二年，這十二年是亂世，我做亂世人，亂世有亂世的生活。人在太平時期的生活經驗不能應付亂世的生活，我得一樣一樣否定以前的太平經驗、一樣一樣換上亂世的經驗，每一次都像挖肉補瘡，或者挖瘡補肉，很費一番掙扎。

十二年以後我到了臺灣，我在臺灣住了三十年。開頭幾年臺灣還在準備打仗，還是一個亂世，或者叫做「準亂世」，我憑我的亂世經驗還可以應付。以後臺灣越來越太平，你不能用非常的經驗過正常的生活，我得一樣一樣把我的亂世經驗淘汰了、遺棄了，換上太平經驗。這又是一次被動的重生、勉強的改造，我得繳很多學費、走很多彎曲的道路。

太平經驗和亂世經驗的區別在哪裡呢？長話短說，我年紀小的時候，那些太平長老告訴我，人有一百個心眼兒，九十九個壞心眼兒，一個好心眼兒，你把這一個好心眼兒擺在上面，九十九個壞心眼兒壓在底下，你待人接物先用這個好心眼兒，實在不行，你再把壞心眼兒拿出來。後來我長大了，我成了亂世民，一個長輩告訴我，你有九十九個好心眼兒、一個壞心眼兒，你得把壞心眼兒擺在上面、好心眼兒壓在下面，你對人對事先用這個壞心眼兒設防、先用這個壞心眼兒探路，你的好心眼兒最後才用得著。

我常想，臺灣在一九四九年前後，為什麼所謂外省人和所謂本省人很難融洽呢？一九四九年前後，大約有一百萬人從中國大陸遷移到臺灣，這一百萬人可以說都是亂世民，他們來和六百萬太平人混合居住，這兩種人的生活經驗差異太大，居然在同一時間、同一空間有如此密切的關係！亂世民先用他的壞心眼對付太平人的好心眼，錯了；等到亂世民用好心眼的時候，晚了，正趕上太平人開始用壞心眼。雙方都沒錯，只是陰差陽錯。這可能是一切問題的根源。

到了一九八〇年、一九九〇年，臺灣的兩千萬居民可以說都成了太平人，中國大陸上的居民剛剛度過三年災害、十年浩劫，可以說都是亂世民。中國大陸對外開放，千千萬萬太平人湧進去和亂世民摩肩接踵，這一次，臺灣的好心眼碰上大陸的壞心眼了！兩方面都發覺不對勁，兩方面都換個心眼，兩方面都沒錯，又是一番陰差陽錯。歷史絕不重演，只是往往類似。這也是許多問題的根源。

有時候，我覺得我像個畫油畫的，油畫可以一面畫一面修改。我很用心的畫一幅山水，畫著畫著忽然叫停，我得重新畫一群大砲和坦克車。好容易畫得差不多了，忽然又不算數，要畫紐約那一排摩天大樓，畫家的生命就這樣浪費了。世事變幻無常，你我一轉念之間，周圍的八陣圖已經換了一百種排列的方式，那一點子生活經驗有什麼價值呢？我們能不能建立一種永久的東西，無論亂世、太平世都行得通呢？

餘波

美夢中人：「一語驚醒夢中人」，兩岸擾攘，省籍情結，可以如此一語道破。提供了一個非常方便的角度供人反省。

W88：世事雲千變，太簡化了也不好。

百慕達來的：世事之千變，起於胸中之一念，依唯心論的觀點可以成立，萬相皆由心造嘛！

有遠慮，無決斷

社區公益團體以「環保」為主題，舉行中學生華語演講比賽，有幾個小朋友高聲督促「挽救地球」，神態可愛。

近日看到來自臺灣的報導，臺北市三重區的初級中學舉行「愛心開鑼！響應地球日」宣誓活動，師生一起簽名、敲鑼，並誓言「我要簡單的生活，我要更清新的空氣與水，我不製造垃圾，我要響應資源回收再利用」！

對於環保問題，先知先覺者算是盡了心。現代科學可以計算出來，「如果情況不變」，人類到某一年再無可以呼吸的空氣、再無可以種植的土壤、再無可以食用的肉、再無可以飲用的水，地球將成為廢墟，人類將化為枯骨。

他們也設計出來一套新的生活習慣，人類應該立即停止開發，降低消耗。他們把一個人每天消耗的各項能源加在一起，算是一個單位，現代人的這個「單位」太高了，我們要降低到什麼程度呢？他們舉了一個例子，佛教徒，虔誠的佛教徒，像比丘、比丘尼一樣生活的佛教徒。這樣說，你就知道這件事有多難。

如果一定要這樣做，當然也做得到，可是誰願意自動過這樣的生活呢。環保專家說用過的廢電池要積存起來，送到回收的地方，誰問過那個回收站的地址在哪裡？例如說，吃剩的藥要送到醫院，丟進一個專設的垃圾桶裡，哪個病人見過那個垃圾桶？例如說，養狗的人最好把狗大便送到一個地方集中起來，那裡有人利用狗便製造沼氣，哈哈！他遛狗的時候任憑愛犬在你門前便溺，不加收拾，要送去做沼氣，你去吧！還有，用再生紙印的書沒人買，用再生箋寫的信惹人憎嫌，這些人何嘗肯為環保受丁點兒委屈？

在演講比賽中聽到孩子們「挽救地球」的呼聲，忽然有「夜半鐘聲到客船」的感受。現在有很多文章推斷未來的世局，有人說，中國有多少多少內傷，現在正走向末日；有人說，美國有多少多少隱憂，現在正走向衰亡。我想國家民族的滅絕沒那麼容易，每一個國家都會繼續往前走，都能走出去，一直走到「環保大限」，怎麼樣衝破這個大限，才是真正的關鍵所在，好在每一個國家都有年輕人，上帝站在年輕人那一邊。悲觀的人說，人有自毀裝置，自尋絕路而不能回頭，自暴自棄和寧為玉碎都是自毀裝置作怪。阿彌陀佛！上帝在天上，未必如此！絕非如此！

雲門狂草老眼看

看雲門《狂草》，我覺得林懷民先生以傳神的方式詮釋了「八大藝術同出一源」、雲門狂草和書法狂草雙方的關係，猶如莊周之於蝴蝶。我不知舞，只因曾經親近書法，也看得心領神會。

我也在說，《狂草》的舞姿、配音與草書的筆勢、筆意互化，節奏與草書的行氣互化，兩種軀殼，同一神髓，形式藩籬，若有若無，堪稱妙品。我更要說，依八大藝術同出一源的原理，雙方都在「法自然、師造化」，雙方「不一不異」。所以由舞臺上空垂下來的「宣紙」，上面留下雲紋石皴、龍骸鳳跡，而非張旭懷素。所以舞臺上的草書並非產生於紙上的草書之後，而是同時，甚或以前。我希望此一設計能啟發所有的藝術人口。座上如有書法家觀賞，一定可以「借火」改進自己的草書。

我讚歎全部的黑白設計，我想起「立天之道，曰陰與陽」。舞者由暗區走出，我想起「萬物生於無」。舞者無聲，觀眾亦無聲，全場靜如太古（坐在二十五排的老妻聽得見舞者呼吸），儼然天地初創時光景。舞者一律黑色的舞衣、白色的皮膚，道具全免，固然是草書的趣味，也是「赤條條」眾生相。音樂效果使人聯想書法的奔雷墜石，也想到洪荒風雷之聲。「墨分五色」，豈止五色，渾然大塊，卻嫌脂粉汙顏色。

在我寄居的地方，《色．戒》先來，《狂草》後至。《色．戒》引起喧嘩熱鬧，《狂草》繼之以寧靜澄明。一個看似繁複，其實單純，或可喻之為「色即是空」；另一個看似單純，其實深刻，或可喻之為「空即是色」。無論如何，《色．戒》「為藝術犧牲太大」，社會成本太高，《色．戒》觀眾滿座，我難免有淡淡的哀愁，《狂草》觀眾滿座，我才有祕密的喜悅。無論如何，我不願聽到「你們只有《色．戒》」，我終於聽到「你們並非只有《色．戒》」。

也許是舞臺上「無窮如天地」的黑白板塊震懾了我，我畢竟是個寫文章的，一身被人間煙火熏透，看著看著，不覺把這一場舞當成人類歷史的象徵。最後舞者次第由暗區走入光域，聚集，分布，互動，千姿百態，宛轉求伸，舞者與觀舞者亦幾乎互化。我儼然以為草書是文化演進的痕跡，而文化是人類掙扎的痕跡，創舞者「懷」抱生「民」，把它合成一個結構，寓大於小，納須彌於芥子。

同往觀賞的友人說，每一位舞者都好，天資高，肯下苦功，個個了不起，整體成就是個體成就之總和。我想，如果一位舞蹈明星單獨表演，無論她多麼偉大，恐怕很難表現這樣寬宏的關懷，即使有，也很難使一般觀者感受深切，如此，整體成就或許是個體成就之立方。這也許就是「舞集」之必要、林懷民之必要。看到臺上謝幕，我衷心感動、老眼模糊，散場時我已不需要人工眼淚。

文會商會兩家親

五月是文藝月，紐約有很多文學活動，美國華僑進出口商會也辦了文學演講會，以前華人的商業領袖很少出來關心華文文學，這次在紐約也許是個創舉。

有人看到新聞問我，商會為什麼要辦文藝性的座談？我告訴他，商會才有資格辦這個座談，商會最應該辦這個座談，因為商人跟文藝作家做的是同樣的工作，商會跟作家協會是同業聯合會。

我說作家和商人是同行，並不是奇談怪論。經濟學有很多定理，都是照著人性定下來的，經濟行為要符合這些定理，也就是要順應人性。文藝創作也有很多定理，也是符合人性的，文藝作品的構成也不能違反這些定理。我們都針對人性，有所為有所不為。

莫泊桑是小說家，他告訴我們，讀者對小說家的要求是什麼，他覺得千千萬萬人向他呼喊：安慰我吧，使我覺得有趣吧，感動我們吧，使我幻想吧，使我笑吧，使我戰慄吧，使我哭吧，使我思考吧。這些要求都從人性發出來，小說家必須能滿足這些要求。顧客對工商界的要求又是什麼？工商界的領袖，他會每天聽見千千萬萬人向他呼喊，給我更便宜的產品吧，給我更便利的產品吧，給我更新奇的產品吧，給我更美觀的產品吧，給我更堅固的產品吧。這些要求也都從人性發出來，工商業必須滿足這些要求。

舉一個例子，消費者和讀者都有好奇心、沒有耐性，他的第一印象非常重要，所以良好的開始是成功的一半。我聽說開館子的人都是在開張第一個月展示他的最高水準，據說有些大師傅專替新開張的館子掌廚，他的薪水特別高，他只替你做三個月，在這三個月之內替你打響知名度、掛住顧客。我知道有些編劇的高手，電視公司請他編劇本，五十分鐘的戲，他只寫前面十五分鐘，這十五分鐘保證有看頭，鉤住你，使你看完五十分鐘。常寫文章的人都知道，文章開頭第一句最重要，編輯常說壞桃不必全吃，開頭幾句如果不行，他就懶得再看下去，他是第一個讀者，在這一點上他代表千千萬萬個讀者。

再舉一個例子。工商業產品不斷推陳出新，同一個品種新出來的產品，要具備舊產品所有的功能，再加上舊產品沒有的功能。電腦現在是第幾代了？以前一代一代電腦能做的事情，今天用一部新電腦都可以做到。文學的發展也是這個樣子，先有詩，後有詞，詞裡面有詩；後來又有曲，曲包括詩也包括了詞；後來出現了小說，小說基本上是散文，但是包括詩詞戲劇。我們都說藝術有八種：詩，舞蹈，戲劇，美術，音樂，建築，雕塑，電影。電影最後出現。以前的七種藝術，電影裡面都有。

商業，文學，人性，這個三角關係，使我想到許多刻骨銘心的事情。我們很難忘記，摧殘商業，壓制人性，迫害文學，三件事情總是連在一起。否極泰來的時候，商業發展，人性覺醒，文藝復興，三件事情也總是連在一起。如果有先後順序，好像是商業走出第一步。女人先要有化妝的自由，社會才有思想的自由，港口海關先把新貨物運進來，然後才是新哲學。我們親眼看見，改變一個社會，商人打先鋒，他們遭遇到的抵抗力比較小，文學藝術跟上去，擴大戰果。作家，商人，我們是難兄難弟，我們是並肩作戰的盟友，共患難也共安樂。

即便是天下太平、政治民主，文學藝術也靠工商界支持，也和工商業共存共榮、相輔相成。臺灣第一個文化基金會是嘉新水泥公司拿出錢來成立的，其中有一個項目獎勵文學作品，給作家很大的鼓勵。那時候，臺北的中國文藝協會想到，最好成立一個基金會，專門獎勵幫助文藝的發展。成立基金會需要募捐，募捐先要有一份文件、一個說帖，勸人家捐款，這份說帖我參加起草，一一說明文藝對人家有什麼益處，其中有一項，文藝發展對工商業有什麼幫助。那時候，商業廣告很低俗，大都是低級趣味，或者以惹人討厭來引人注意。那時候產品的說明書似通非通，寫說明書的人自己心裡明白，買產品的人看不明白，工商界把文學的訓練引進來，可以使廣告升級，廣告升級才配得上產業升級。

那時候，臺灣工業產品注重實用。拿電話來說，轉盤式的電話機，撥號很吃力，手指頭都撥痛了，機關的祕書小姐吃不消，用鉛筆代替手指頭，連鉛筆都撥彎了，你拿起電話筒來，好像跟大猩猩握手。產品需要升級，產品升級的時候，消費者的品味也要升級，品味升級才有美感，才懂得欣賞產品的造型、設計、色彩、包裝。要想大家都升級，工商界要借重文藝人才，消費者也需要文藝修養。

那時候有一種說法從美國傳到臺灣，工業發明和文學創造相通。有一個工業教育家名叫奧斯朋（Alex Osborn），他辦了一所工業學校，他把文學寫作列為必修的課程，用文學寫作的訓練來幫助工業發明的訓練。比方說，文學寫作有一種方法，把順理成章的事情倒過來安排，也就是反其道而行。說故事照例從頭說起，反過來先說結局怎麼樣？電影裡面總是男老板調戲女祕書，反過來，女老板調戲男祕書怎麼樣？戲劇界常說無女人不成戲，偏偏有人拍一部電影，一個女演員也沒有。戲劇界常說無壞人不成戲，偏偏有人拍一部電影，裡頭全是好人。這兩部電影都很成功。

工業發明也可以倒過來思考。我們用針線縫衣服，向來針眼的位置在針屁股上，一定要這樣嗎？把線穿在針尖上行不行？行！於是發明了縫紉機。電燈向來是燈罩在上面、燈泡在下面，光線由上面照下來，反過來，讓燈光向上照行不行？行！現在我們客廳裡的燈大半都是這個樣子。

那份說帖裡頭，還提到文藝對子女教育、對社會風氣、對族群和諧、對個人修養、對宗教傳播、對政治、對軍事都有好處，任何一方面伸出手來發展文藝，各方面都是受益人。今天華僑進出口商會主辦文學演講座談，我們應該怎樣解讀呢？是良好的開始呢，還是美麗的結束；是偶然高興呢，還是深謀遠慮；是呂會長個人的興趣呢，還是我們商業精英集體的智慧？華人精英在美國工商界是有成就的，這些領袖們對教育、對宗教、對慈善事業、對各種公益活動也是年年出力、歲歲花錢。很少想到華人藝術家，更難想到華文文學。

古今中外，文學藝術靠工商企業家支持。古人說金錢是庶政之母，我們可以加一句，工商業是金錢之母。人們常說，金錢不是萬能，沒有錢萬萬不能。有人統計，在這個世界上，音樂廳、圖書館、劇團、交響樂團百分之七十以上靠工商界支持。今天這個社會紅塵萬丈，裡面還是有美感，文學家藝術家有功勞，事業家資本家更有功勞。這是善跟美結合，這是積攢財寶在天上，留下美感、美談在地上。

中文教材經手過眼

《世界周刊》的版面上談中文教材談得熱鬧，想起我自己也有一點經驗。我是應聘到美國來編中文教材的，那時海峽兩岸還在相持不下，政治色彩延長為編選中文教材的技術爭執，我遇到的第一個問題是：究竟用繁體字，還是簡體字？第二個問題是：究竟用臺灣的注音符號，還是大陸的拼音？

那時我發現中國大陸背景的人主張用簡體字、羅馬拼音，臺灣背景的人主張用繁體字和注音符號，老板不願得罪人，叫我提出決定性的意見。我說請恕直言，我們替美國學校的孩子編中文教材，要優先顧到孩子的利益，我們不是為臺灣或大陸增減海外的政治籌碼，而是幫助美國的華裔青少年開闢前途。

老板說閒言少敘，請你單刀直入。我說我是臺灣來的，可是我主張用大陸的那一套拼音，臺灣的注音符號有其優點，可惜全世界只有兩千萬人使用，而且不知道還能使用多久。大陸拼音必然成為中文拼音的正版主流，眼前這些孩子到長大就業之年，他們到處都會碰見大陸拼音，我們不能叫他們到那時候現學現賣。老板點頭認可。

至於繁簡之爭呢，我主張用繁體，這倒並非因為我來自臺灣。當年設計推行簡體字的人胸懷大志，他要獨尊簡體、消滅繁體，現在這一派偃旗息鼓了。我們眼前這些孩子，注定了今生要認識兩套漢字，先認繁體，後認簡體，容易。反之，比較難。這是由教育方法做出選擇，並非由意識形態做出選擇，老板也說好吧。

然後就是教材了。我主張只選白話文，不選文言文，別人沒有異議，可是有人一看我初編的目錄裡面沒有魯迅，立刻表示詫異，「一套現代中文教材裡怎可沒有魯迅的名字？」我說魯迅當然是大師，可惜他的文字艱澀，思想也不能陶冶青少年的性情。老板支持我，他說我們施教的對象中文程度偏低，我們的高中教材只能編到國內初中的水準，我們初中的教材只能編到國內高小的水準。在美國教中文，魯迅的文章恐怕要到大學再選讀。（我寫這篇文章的時候，已知中國大陸的語文教科書開始減少魯迅，所持理由與我們當年所見略同。）

我也沒選朱自清的〈背影〉，理由簡單，這篇文章並不能使孩子們敬愛他的父親，孩子們只是看到一個充滿無力感的老人。這套教材是為華人新移民的孩子而設，這些孩子的父親大部分謀生艱難、屈居人下，缺少適應當前環境的能力，多少孩子不懂事，潛意識裡自怨生不逢「父」，怎可再請朱先生來挑動他們。

後來我認識一位中文教師，他是這一行的佼佼者，他認為中文教材文言必須占相當的比例，「文言才是真正的中文」。他把他自己編的一套教材給我看，選材上起《尚書》、《詩經》、《左傳》（還好沒有《易經》），然後漢代五言詩、兩晉小品文（還好他沒選司馬相如），接著唐詩、宋詞、元曲、明清小說，這才出現魯迅、胡適、周作人、謝冰心等等等等。我讚歎他的淵博，再鄭重提出建議，我說這些文章的目次應該倒過來排列，民國的作家排在最前面，《尚書》、《禮記》排在最後面。

歲月彈指驚心，不覺三十年矣，我以為這些老問題早已有了標準答案，沒想到議論未定，而少者已壯、壯者已老。聽說至今猶有一些中文學校備有兩套教材，未能定於一。多為孩子想想吧！

寂寞的不朽

書上說石曼卿多麼出名，「我輩」許多人是讀了歐陽修〈祭石曼卿文〉才知道這麼一個人。歐陽修的祭文開頭就說石曼卿「生而為英，死而為靈」。字典上說，智過萬人為英，又說，靈者，神也。可以說是高度讚美。

如果人是由肉體和精神合成，靈魂就是肉體死亡後的精神那一部分。依基督教神學，人由「身、魂、靈」三者合成，一位基督徒曾用「一體身魂靈」對「三光日月星」，靈和魂是兩個觀念，人人具備。歐陽修所說的「死而為靈」，顯然另有意義，生而為英者始能死而為靈，「靈」有條件。范仲淹在哀悼的文字中也說石曼卿「希世之人，死為神明」，兩人所見略同。

下面歐陽修接著說，人有「暫聚之形」，形體終要「歸於無物」，這話好像受佛家影響。他又說，人另有一部分「不與萬物共盡」，那是「後世之名」，他說的死而為靈，乃是身後令名為人稱道，「死而為靈」，靈在世間。這個人是一個非凡的人，他把生而為英和死而為靈並舉，這個「靈」就與宗教無關了。

這是儒家的看法吧？儒家以立德、立功、立言為三不朽，看輕一身得失，看重後世評價，追求高深的學問、顯要的職位、充分的權力，也只是為立言、立功、立德找先決條件。「人生自古誰無死？留取丹心照汗青。」文天祥從容就義了；楊繼盛一句「丹心照千古」，坦然走上刑場；于謙一句「要留清白在人間」，也就「粉身碎骨都不顧」了。可以說，這是儒家的宗教精神，以「三不朽」為救贖。

文章有啟承轉合，這話沒騙人。歐陽修寫到此處，筆鋒一轉，他說石曼卿的相貌「軒昂磊落、突兀崢嶸」，埋葬於地下之後，並未長出千尺松柏、九莖靈芝，只有荒草、荊棘、燐火、野獸，再過若干年，恐怕和一片荒塚為伍，成了狐狸和黃鼠狼的洞窟。他說多少古代聖賢的墳墓，到了今天，大都成了這個樣子，誰又能擔保你例外呢？

這一段話道出儒家思想的局限。大自然無情而公平，聖賢才智平庸愚劣同等對待，後世名虛浮短暫，黃土一堆幾人見，青史幾行幾人讀？于謙、楊繼盛，還有文天祥在〈正氣歌〉裡列舉的典型，今日幾人知？即使知道了又有幾人崇敬仿效？三峽水壩完工，多少名人的墳墓遺跡永遠沉沒湖底，有幾人痛惜？儒家講做人的道理舉世無雙，可是最後把救贖放在人間，想在人事的框架中建構救贖，無法得到終極救贖，這是「圓滿而不究竟」。

歐陽修最後說：他在理智上明白這是盛衰之理，但是在感情上很難接受。這叫「看得破，放不下」。歐陽修說他不能學太上之忘情，忘情並非無情，他是有情，但是忘了，情是某一階段的享受，你最後不受它的傷害，「太上忘情」認為這是人生的最高境界。佛家也說，世間相本來就沒有，最後也沒有，所以它就是「沒有」，不必掛懷。但是世人不能忘記中間那一段「曾有」。本來沒有，我們不記得；將來沒有，我們沒經過，那一段「曾有」可是刻骨銘心，忘不了，忘不了。歐陽修做不到，我們又有幾人能夠？

石曼卿懷才不遇，四十八歲英年早逝，這是天地的缺憾，人民大眾以自己的方式做出補救。據說石曼卿做了花神，在虛無縹緲的仙鄉，有一個開滿了木芙蓉的城，石曼卿是一城之主，元曲《牡丹亭》裡提到這個地方，有人自稱在那裡遇見他。木芙蓉很美麗，四川、湖南一帶較多，湖南因此稱為芙蓉國，成都因此稱為芙蓉城，木芙蓉現在是成都市的市花。石曼卿看遍世相的醜陋，到頭來卻是滿眼美不勝收了。

名言與微言

比爾・蓋茲（William Henry "Bill" Gates III），美國的大企業家，曾連續十三年蟬聯世界首富。網上流傳他的十句話，我前後多次收到，至今陸續不斷。這十句話原是他在演講時對年輕人的忠告，網友誇張稱為十大名言、十項定律，甚至視同十誡，我一直沒放在心上，最近得暇細讀，不禁大吃一驚。

第一條，蓋茲說生活是不公平的，你要去適應它。真是開門見山、石破天驚！生活是不公平的，沒錯，實際如此，謂之「實然」；然而社會應該是公平的，憑心而論，應該如此，這是「應然」。身居社會上層結構的人士，一向把「應然」當作「實然」來表述，空包彈滿天飛，據說可以保護青年心靈，預防社會戾氣。蓋茲居然直言無隱、一語道破，他簡直像個革命家。

蓋茲當然不是革命家，他接著說你要去適應它。事實證明，即使是革命團體，內部仍然難公難平，你跟著孫中山革命，就得適應孫中山；你跟著毛澤東革命，就得適應毛澤東。革命團體的紀律嚴峻，適應更為屈辱而艱難。

怎樣適應呢？我沒看見進一步說明。蓋茲在哈佛大學演講的時候有一段話，露出一個側面。他當年根本沒想到這個世界是如此的不平等，他強調：減少不平等始終是人類最大的成就。他希望能夠找到一種方法，既可以幫助窮人，又可以為商人帶來利潤、為政治家帶來選票，那就找到了一條道路，持續減少世界性的不平等。他知道這個任務是無限的，他不可能完全完成，但是他說：「任何自覺地解決這個問題的嘗試，都將會改變這個世界。」

蓋茲的這一段講詞，使我想起基督教的兩句名言，「改變那不能接受的，接受那不能改變的。」世間沒有不能改變的現狀，也沒有不能接受的現實，只是不能依照你我個人的意志訂出時間表，但是每個人都可以努力，當下接受現狀，有一天改變現實。這樣「適應」就有了積極的意義。

順著這條思路想下去，蓋茲的第二條和第六條可以和第一條合併閱讀。第二條說，這世界並不在意你的自尊，這世界指望你在自我感覺良好之前先要有成就。我接到的另一個版本文句略有出入，它說「在沒有成就之前切勿強調自尊」。我比較喜歡後一說法，雖然它可能距離原來的意思太遠了。

兩種說法倒也各有短長，第一種說法指出維持自尊有一定的條件，否則就成了妄自尊大，第二種說法的優點是強烈暗示自尊心妨礙前途發展。兩種說法也都表達了同樣的信息，自尊是身分地位的裝飾品，你得先有成就後有自尊，你無法先有自尊後有成就，你甚至無法二者同時兼得。

蓋茲啊蓋茲，我佩服你，新移民應該是犧牲自尊的人。美國教育太強調自尊心了，弄得吃苦耐勞的新移民手足無措、心虛膽怯，弄得華裔青年過分膨脹自己，像一個信心飽滿的氣球，受不了壓力，禁不起挫折，嬉笑自如，朝不保夕。你這些逆耳真言，家長不敢說，教師不敢說，教育學博士更不敢說，多虧你說出來了！

第六條，蓋茲說，如果你陷入困境，那不是你父母的過錯，所以不要尖聲抱怨我們，要從中吸取教訓。這一條本是中國人的老生常談，可是他把父母扯進去有些奇怪，有一個譯本索性把父母云云刪除了。蓋茲文詞精闢，他既然這樣說，倒也值得思量一番。

難道「正統道地」的美國孩子，也抱怨父母沒有留下豐厚的遺產，使他至今買不起房子？難道美國孩子也抱怨父母出身寒微，使他在社會上得不到有力的奧援？難道蓋茲也知道華裔第二代在戀愛失敗以後，歸咎父母沒有帶他住在長島？難道蓋茲也聽人議論，華裔父母望子成龍，不過是希望他的投資能得到最多的回收？

名言都是「微言」，有蘊藏可以發掘，有幽深可以燭照，有同聲可以共鳴，有異議可以爭辯。對蓋茲的名言，我所聞如此、所見如此，不能下酒，但願可以伴茶。

趙承熙殺人無用論

留學生盧剛曾在愛荷華大學槍殺師生十人「抗議他所受到的歧視」，一時頗有「於無聲處聽驚雷」的震撼，可是沒有用，「歧視」依然隨處可見、隨時可受。

於是另一留學生趙承熙在維吉尼亞理工大學槍殺師生三十三人，並留下「聲色俱厲」的錄影帶，聲明懲戒歧視的行為，青出於藍，後來居上，一時也博得許多同情，可是他的心願能達到嗎？以我居住的城市而論，不但許多白人歧視華人，也有許多老華僑歧視新華僑，依然故我，看不出收斂或悔改。

恨不得起盧剛、趙承熙而告之：「殺」是沒有用的！想當年張獻忠入川受到歧視，發誓要殺四川人，後來他得勢洩恨，只殺得四川省人煙稀少，以致朝廷鼓勵外省人向四川移民，他的作為總算是驚天動地、創巨痛深了吧？總應該可以使人懲先毖後、知所炯戒了吧？人的習性在這方面又有多大改變？抗戰期間「下江人」在重慶和當他人的互動經驗又是如何，天知地知，你知我知。至於我的家鄉山東，更是把張獻忠當作異域傳來的奇聞逸事、說說聽聽也就罷了。

不僅如此，想當年世間「罪惡滔天」，上帝曾經「洪水滅世」，索性把全世界的人類殺光，只留下一家八口做「種子」，希望人類從此改過遷善，「殺」之為用，至矣盡矣，登峰造極矣，可是後來怎樣呢，現在又怎樣呢？所以「殺」是沒有用的，任你有多大本事，你比不過張獻忠，更比不上耶和華。

世人看來，「殺」已是最後的手段了，除此之外還有什麼辦法？宗教家說，還有一個辦法就是「愛」：愛仇敵，割肉飼虎。

為什麼要愛他？為什麼要愛他？簡直違反人性嘛！仔細想想，這個標準倒也沒有那麼孤絕，中國成語有「倒行逆施」之說，這四個字的意義本來並不壞，前面既已無路可走，當然要原路折回，再尋出口。對日抗戰時期，我隨族中長輩打游擊，「敵進我退」，被日軍追入山區。記得連夜爬山，天降傾盆大雨，只有空中打閃的時候才看得清腳下的路。走著走著一陣驚呼，前有峭壁，旁有懸崖，部隊陷入絕境。記得司令官斷然下令：向後轉走！後面有追兵啊？那也得回頭走，總不能在峭壁之下束手待斃。我們終於走出來了！這件事給我的印象非常深刻。

今天人類「窮途末路」，只有「倒行逆施」。為了保護生態環境，生活方式向「原始」倒退，很多人能夠接受，他歧視你，你愛他，大家就愕然了，怎麼愛得下去？愛是一種能力，可以學習，佛教基督教都有課程可以選修。愛他有用嗎？也許有用，也許沒用，你必須一試，因為「殺」已證明無用，「愛」是最後的、唯一的努力了！

回應

毛玻璃：七月十一日「華副」刊出的〈殺人無用論〉，討論刑罰對犯罪的效用，相當有趣。依一般人的理念，對「壞人」先要愛（教化、關懷），如果他仍然犯罪，那就要「殺」（刑罰）。如今顛倒過來，先說殺，後說愛，出人意表。

如果刑罰無效呢？看來是「累犯者加重其刑」。

「愛」，也許是宗教觀點吧？依我看，能夠濟法律之窮的，不是宗教，是政治，也就是修改法律為不能禁止的行為除罪。眼前的例子分明在，反共抗俄，通敵者死，但一聲解嚴，相關法律廢止，兩岸交流成為時尚，當局反而授旗頒獎。

第十三使徒：先愛後殺和先殺後愛都對了一半，合而論之，創世之初，本來「神看著是好的」，人世罪惡滔天，這才用洪水滅絕，這是先愛後殺。人類忘記了洪水的教訓，犯下更多的罪，於是「神愛世人，甚至將他的獨生子賜給他們」，這是先殺後愛。倘若世人不接受基督，結局是烈火滅世，以先愛後殺終局。

早起看鳥：神負責「殺」，人只能負責「愛」。

從美感到美化

輪到我談美化人生，這個題目對我難度很高。

文藝作家常常把人生和自然合在一起說出來，以我的感覺，人生不美，大自然美。常常出國旅行的人都有類似的經驗，某些地方自然風景很美，人間就是天上，你去了只能看風景，你如果跟人接觸，天上立刻變成人間，山水美，人生醜陋，形成極大的反差。

自然美，人生醜，從古到今有很多人這樣說。中國有所謂隱士，他討厭人類社會，如果能住在鄉下，他不住在城裡，鄉下比城裡人口少；如果能住在山上，他不住在鄉村，山上比鄉村人口更少。有一位隱士號稱梅妻鶴子，他連太太孩子都沒有興趣，他寧願要動物花草做他的家屬。

我常想，對於愛好文學的人，自然和人生這筆帳算不清。自然也是人生：山是眉黛聚，水是眼波橫，雲想衣裳花想容，我見青山多嫵媚。詩人看山，看見飽經風霜的老人；詩人看雲，看見漂泊不定的遊子；詩人看水，看見後浪推前浪，看見人的世代交替。「天地者萬物之逆旅，光陰者百代之過客。」天地之間都是人間。

對於愛好文學的人來說，人生也是自然：天行健，君子以自強不息，逝者如斯夫不捨晝夜，阿里山的姑娘美如水，阿里山的男子壯如山。生老病死也不過是春夏秋冬，成功失敗也不過是花開花謝。古人創立了一個名詞叫做「大化」，大自然是一種無邊無際的變化、無盡無休的變化，沒有任何力量可以控制它的變化，人的一生是大化的一個小部分。

為什麼隱士們看自然是美的、看人生是醜的呢？因為他對大自然沒有意見，他對人生有意見，美感和意見是對立的。一個人，他在政府裡做官的時候，他時時提意見、處處有意見，他的意見和別人的意見碰撞。這個人一旦辭職不幹，跑到山水之間，蓋兩間茅屋，他對山水不會有意見，他不會問這座山為什麼是尖的，他不會反對水從山上流下去，硬要主張水從山下流上來。如此這般，他的壓力完全解除了，壓力不能產生美感。

大自然很美，但是颱風颶風就不美，我們對颱風颶風有很大的意見。張愛玲曾經說她不喜歡海，因為地球上的水太多了，她對海有意見。我到現在不能真正欣賞名山，中國有過八年抗戰，「抗戰靠山」，我在山區裡生活了很久，由這座山到那座山，爬來爬去非常痛苦，山是我靈魂上的一個烙印，我有意見。

人生的醜可以轉化為藝術的美，這門功課我始終沒有修好。我知道如果把人生看成自然、把自然看成人生，美感就生出來。《論語》二十篇，其中有一章孔子讓弟子談談各人的志願，有一個弟子叫曾點，他的一段話很有美感，那一段記述也是極好的小品文。原典是文言，有人把它翻成白話，還押了韻。

點啊點啊你幹啥？俺在這裡彈琵琶，嘣的一聲忙站起，咱可不與他仨比。比不比，各人說的各人的理。三月裡，三月三，每人換件白布衫，也有大，也有小，跳到河裡洗個澡，洗洗澡，乘乘涼，回頭唱個山坡羊。夫子聽了哈哈嘻，滿屋子學生不如你！

孔門弟子言志，有人要做外交家，有人要做慷慨好客的大丈夫，他們都沒有給我們美感，他們都有意見、有功利觀念，都想改變現狀。唯有這位曾點先生他很自然，他把自己納入了大化，孔夫子忽然受了他的影響，老夫子把「知其不可而為之」放下了，我們幾乎看到老夫子悠然神往的樣子。他對曾點說：「唉，我也穿著白布衫跟你在一起啊！」在那一剎那，孔夫子走進了美，你可以說曾點先生就是在那裡美化人生。

這時候，我們說美化人生，大概就是少一些人為、多一些自然，親近自然，或者模仿自然。路旁多種幾棵樹，公園裡多種一些花，客廳裡掛畫，院子裡鋪草，愛惜動物植物，不要隨便殺樹。通常我們說美化環境，美化環境也就美化了人生。本事大的人更去野餐、露營、划船、登山，叫人好不羨慕。加拿大有一家報紙，調查華人的生活習慣，提出一份報告，它說華人的生活有十大特徵，有一項是華人喜歡把他院子裡的樹殺掉；還有一項，華人喜歡把草坪鏟掉鋪上水泥。好像咱們更愛現代文明。

有一門學問叫美學，我對它肅然起敬，一碰不敢碰，他們的經典著作要多難懂有多難懂，他們的說法也不一致。也許美不美是個態度問題，是美是醜，很大的程度上由你的態度決定。比方說從前辦酒席，滿桌雞鴨魚肉，最好的廚子掌杓，色香味一等一，我們認為很美，可是現在提倡素食的人就認為不美，再好的廚子，再高的手藝，脂肪還是脂肪，膽固醇還是膽固醇。如果學佛的人看見這桌菜，他也許覺得很恐怖，這是殺生造業呵！

再舉一個例子，以前白人認為黑人的模樣不美，黑人也承認自己不美，穿白色的衣服，用白色的油漆漆房子，他只是不許你說他醜，這是歧視，他可以告狀。後來黑人的領袖說這不行，我們要建立黑人的美學，黑就是美，黑人長的那個模樣也是美，你不但不可以認為我醜，你還得認為我美。他們可以說成功了，黑人從此有自尊心，我們也覺得看他們很順眼、很耐看，我們坐地下鐵車廂裡，增加了很多順眼的人，當然是一件好事。

我剛才說我認為人生很醜，也許的我的態度有問題，如果人生可以美化，我們也許要首先檢討態度，也許醜沒有那麼多，大家把許多事情醜化了。這種習慣，這種風氣，很久以前已經出現。多年以前，一個世界上有名的芭蕾舞團到臺北公演，團員都已經是有名的藝術家，可是他們仍然每天上午練舞、下午休息、晚上登臺。那時候嚴家淦副總統禮賢下士，約他們全體團員到總統府喝茶，他們說實在抽不出時間來，天天晚上公演不能停，天天上午練舞他們也不肯停。消息傳出來，居然這裡那裡都有人說，這些跳芭蕾的人真可憐。他們敬業，他們忠於藝術，他們不慕虛榮，怎麼能算是可憐？

每年感恩節，美國總統照例赦免一隻火雞，送牠到農場養老，我們如何看待這件事情？一個美國人，每年平均吃掉十八磅火雞肉，每年感恩節，全美國要殺死一千萬隻火雞，公開表演赦免其中一隻，表示慈悲，豈不是虛偽？換一個態度看，人必須吃肉也是不得已，僅僅赦免一隻火雞當然不夠，人活在世界上，非僅無法赦免全部火雞，也不能赦免所有的牛羊犬豚、蒼蠅蚊子。赦免一隻火雞等於提出一個問題，什麼時候人類能夠不再為了維持自己的生命而侵害其他生物呢？這一念很重要，有此一念，人心會柔軟一些，沒有這一念，人心會更堅硬一些，柔軟當然比堅硬好。

這時候，我們說美化人生，那又多了一個意義，那不只是美化環境。既然把美化提高到人生的層次，也就有了更多的要求，我們希望人生圓滿完善、光明潔淨，沒有卑鄙齷齪。我們希望對人生也能沒有意見，它的一切都是好的。這時候，美和善的關係很親密，我們說到醜的時候，常常用醜惡，這時候，我們把醜和善對立起來、善和美通分了。我們在審美的要求之外，又有道德的要求。

有時候，善或惡也在乎你怎樣解釋它。美國的資本家拚命賺錢、拚命省錢，又拚命的捐錢，一筆一筆善款捐給慈善事業救苦救難、捐給教育基金會培植人才、捐給教會寺院提高人的心靈，這當然是好事。可是也有另一種解釋，資本家捐錢沽名釣譽，也為了少繳一些所得稅。即使如此，那又怎麼樣？難道不捐錢才是對的？看一看另外某一些國家，也有一些人發了大財，他們不捐錢，他們用不著省稅，他們自有辦法逃稅漏稅，他們也不沽名釣譽，他們到賭場去豪賭，一夜輸掉一百萬兩百萬美金，絕對不讓外人知道，難道這種人會使社會更好？

現在有一個名詞叫解釋權，有解釋權的人很奇怪，他在人間專找獸性。孔雀開屏他專看孔雀的屁股眼，不管什麼事情，經他一解釋都很醜，而他解釋得興高采烈、津津有味。他解釋人以前的行為，也就指導了人以後的行為，這就污染了社會人心，人生就越來越醜，人越來越不相信有美。

今天談美化人生，我們就從說話做起吧，一言既出，可以與人為善，也可以與人為惡。一個人一天可能要講幾百句話、一個月要講一萬句話、一年要講十幾萬句，人生多少美、多少醜都是你我講成的，它甚至能左右人心、改變世界。〈創世紀〉說上帝用「話」造世界，我看不懂，現在懂了。你我自己的小世界，在很大的程度上也是用「話」營造的，你吐什麼絲，就得什麼樣的繭。各位要抓緊自己的解釋權，不要輕易隨聲附和。

記者與作家

七七抗戰發生以前，中國的青年人有朝氣、肯上進。那時有個說法，青年最認同的形象是：黃埔軍校學生，新聞記者，土木工程師，外科醫生。（那時一般人認為中醫長於內科拙於外科，亟須西醫補救，合格的西醫為稀有傑出的人才。）

那時的新聞記者大概穿深色的中山裝，胸前左上的口袋裡插著「金星牌」自來水鋼筆，傳說他的那支筆有魔力，他寫下誰的名字誰頭疼發燒。那時的工程師穿工人的粗布服裝，大手大腳，時常從口袋裡掏出計算尺來東量西量，據說他的這把尺能量出來地球多大。外科醫生給人的強烈印象是戴口罩和橡皮手套，那時沒有塑膠，大家說他殺人不用償命，因為沒留指紋。那時黃埔軍校的學生還鄉探親，只見他穿黃呢軍服、戴白手套，天子門生，鐵打的少尉，紮武裝帶，佩短劍，他用那把劍殺人不償命，因為他殺的是敵人。

新聞記者布衣傲王侯，見官大一級。新聞記者總是飯局不斷，「和尚吃十方，記者吃十一方，和尚也要招待記者」。有一老兵說，抗戰八年，道路流離，他看見多少人挨餓，新聞記者總有人供應三餐，所以他後來把女兒嫁給記者。內戰時期，長春斷糧，官方說餓死十二萬人，野史說餓死三十萬人，有錢的人拿一棟房子換一碗米，房子還有，米沒有了。除了達官，有三種人不會餓死，軍人，美女，新聞記者。

文藝沙龍找我來談說新聞記者和作家的因緣，我看兩者難分難解，有人做作家做不好去做記者，也有人做記者做得很好去做作家。失敗的作家有兩條路，做記者或做教員；成功的記者也有兩條路，做官或者做作家。報紙是記者的前方、作家的後方，文壇是記者的後方、作家的前方。大英百科全書有一個很長的名單介紹「作家記者」或「記者作家」，用詞顛倒中寓有褒貶，前者文學成就大於新聞建樹，後者似乎相反。

有些好記者也是好作家，在我心目中外國有海明威、馬克．吐溫、蕭伯納、毛姆、約翰・根室、莫拉維亞；中國有蕭軍、徐訏、蕭乾、張恨水、王藍、范長江、曹聚仁、南宮搏。還有梁啟超和于右任似乎可以入列，但是又未便高攀。

現在南京大學有「作家記者班」、廣東有「作家記者俱樂部」、網站有記者作家網、山東大學有文學新聞傳播學院，這些都顯示作家記者合流。新聞寫作的方式是否因此發生改變？記者越來越像作家，還是作家越來越像記者？這是新聞研究所的論文題目。

新聞記者不是容易做成的，他得有外向的肉體、內向的靈魂；他熱情勇敢，同時冷靜周密，兩個不同的靈魂裝在一個腔子裡。他是好人，懂得一切做壞事的方法，他不做壞事做好事，但是他為了做成一件好事往往要先做壞事。相反的特質，矛盾統一，稀有難得，上帝用特殊的材料造成的破格完人。

新聞記者天天遇挑戰、時時有壓力，他吃的是英雄飯，憑一身武藝，水裡來火裡去。他是一個「不能輸的人」，而勝利的果實很快就腐爛了，運動員拿到金牌，他的榮譽可以維持四年，報紙記者的勝利只有二十四小時，電視記者只有兩小時，廣播記者也許只有十分鐘。同行競爭，你死我活，聚光燈照在誰身上，誰立時成為箭垛。相識滿天下，忽然最孤獨，春天迎接挑戰，路上沒有蝴蝶；夏天迎接挑戰，樹上沒有葉子。

我在報社打工的時候，社會新聞掛帥，在很大的程度上，社會新聞就是犯罪新聞，採訪社會新聞的記者是王牌、是紅人。我跟一位社會版的明星記者鄰桌而坐，只見他每天挺胸抬頭出去、垂頭喪氣回來，他忽然發現人民的道德水準極高！天下太平無事，找不到凶殺、貪污、強姦、拐帶人口、捲款潛逃。一天沒有獨家，他在採訪組貶值；一星期沒有頭條，他在老板眼中貶值；一個月還不見驚世駭俗，他在同行中失去尊嚴。有一天這位明星記者喟然歎曰：「我去殺一個人，回來自己寫，他們誰也寫不過我。」記者身處此境，父子不能相救，兄弟不能相顧，夫妻同床異夢，同行都是冤家。他們羨慕作家，一同說故事，一同朗誦新作，切磋琢磨，種種佳話美談。

一般而論，作家的工作很安全，新聞記者卻上了「最危險的職業」排行榜，名次緊緊排在警察礦工之後，位居第三（服兵役是權利義務，並非職業，所以軍人沒計算在內）。我喜歡恩尼．派爾，他的風格至今留在我的作品裡，他在硫磺島戰役採訪時被日軍的狙擊手射死。二戰戰場留下的紀錄，有一次「十天內死了七名記者」，有一次「一顆砲彈炸死五名記者」。據保護記者協會發表的訊息，二〇〇三年全球有六十二名記者殉職，其中十五名死於伊拉克，單是四月八日這一天就有七名記者受傷；次年五月二十八日，伊拉克境內又有日本記者兩人死亡；六月十日，BBC記者一死一傷。二〇〇三這一年，全世界有一百三十三個記者被本國政府逮捕坐牢，還有許多記者因揭發黑幕，遭黑社會打傷。

我們恭維記者，當面稱他是名記者、大記者，周匀之在他的《記者生活雜憶》中自嘲，名記者是「有名字的記者」，大記者是「年紀大的記者」。名記者不易，大記者更難。腦筋快，膽子大，運氣好，一條新聞可以名滿天下，若要大格局、大氣派，恐怕百年難遇一人。

何謂大記者？一九五三年，好萊塢拍過一部電影叫《羅馬假期》，奧黛麗・赫本演一個年輕的公主，葛雷哥萊・畢克演一個美國記者，情節不必細表。公主天真爛漫，沒有防人之心，記者推動事件發展，乘機「偷拍」了她許多照片，足可寫一篇轟動兩國的新聞，那樣記者可以得大名，公主的聲譽和王室的尊嚴卻要受到嚴重傷害。最後記者把照片送給公主做訪美紀念，他放棄了新聞報導，等於放棄了普立茲獎。人散劇終，葛雷哥萊·畢克獨立大廳之內，導演用仰角給他拍了一個鏡頭，拔高他的形象。這時他是「大記者」，不是名記者。

何謂名記者？這裡有一個真實的故事。某年，南非蘇丹大旱，餓死許多人，南非的自由攝影師 Kevin Carter 在寸草不生的大地上，拍下一個奄奄待斃的女童，旁邊有一隻兀鷹等著吃她的屍體。這張照片得到一九九四年的普立茲新聞獎，但是他沒有援救那個女童，受人責難。他是名記者而非大記者。

名記者是新聞的產物，大記者是文化的產物。

我是讀報長大的一代，後來有聽廣播長大的一代，然後有看電視長大的一代、上網長大的一代，上帝造人，媒體加工，代代人氣質不同。看人挑擔不吃力，作家看記者，越看越有趣，見過幾位了不起的採訪記者，上天不拘一格降人才，亦俠亦儒亦梟雄，能耐天磨真好漢，惹得詩人說到今。他們的故事今天一言難盡、不堪回首，新聞媒體慘澹經營，記者耗盡青春打前鋒，不眠不休，患得患失。世事無常，英雄無覓，回想我們當年那些貪瞋痴都隨雨打風吹去，早知道隆中高臥，省多少六出歧山。

我不想做記者，只想做作家，人壽保險費比較便宜。記者是熊掌，作家是魚，我一直坐在魚與熊掌之間左顧右盼。作家空間較大，有不朽的作家、合時的作家、受人崇拜的作家、崇拜別人的作家。巴爾札克立志當作家，有人警告他「藝術沒有中產階級」，意思是如果不能最高，只有完全失敗。我發現作家也不拘一格，鏗鏗鏘鏘的作家，嘻嘻哈哈的作家，奇文共賞的作家，孤芳自賞的作家，不專心的作家，不後悔的作家。有人如此介紹我，「這是最有名的作家。」對方一怔，「哦？沒聽說過！」你沒聽見過的作家仍然是作家。

小說中的冷戰靈魂

——細品趙民德的短篇小說集《飄著細雪的下午》

臺灣的外文系出了很多作家，傳為美談；理工科系也出了很多作家，稱為異數。

理工科系出作家，應是大專招生聯考制度的額外收穫。那些年，理工科是青年的理想出路，吸引了天資優異的青年，其中頗有一些考生具有文藝創作的才華，也只能收拾起來，但是才華難掩，終要在正業之餘露些光芒，趙民德先生正是這一類型的小說家。

我和趙民德先生文字結緣甚早。一九六一年，我奉命接編《中國語文月刊》之後，收到他寫的〈媽媽和貓〉（那時候，他還在讀高中呢）。稿末未署真實姓名，也沒有通信地址，文章寫得實在好，我來不及查問作者是誰，先把稿子發了。月刊出版以後，有十七所中學的國文老師來信稱讚。一九六三年我為中學生寫了一本《文路》，商得他的同意，轉載〈媽媽和貓〉供讀者欣賞觀摩，成為《文路》的一個「賣點」。一九七八年我應美國西東大學之聘，編輯全美雙語教育使用的中文課本，又選用了這篇文章，各校雙語班使用的頻率也很高。

〈媽媽和貓〉寫尋常事件有情味，表現主觀中的客觀，顯示他有寫小說的天賦。後來他果然不斷推出很好的短篇小說，這本《飄著細雪的下午》代表他的具體成果。

《飄著細雪的下午》收入作品十六篇，分成三輯：第一輯「一握愁」，大半以散文寫少年滋味，心念單純，散文看山是山，正宜表現這單純。第二輯「少年遊」，在這裡，少年一詞的生理含義，要從「一事能狂便少年」去理解，並非十五歲到十八歲。書中人物年齒增長，體驗人世的複雜，種種以前化入今我，千絲萬縷糾葛纏繞，看山不是山，小說正宜表現這樣的複雜。第三輯「念念」，收錄三篇散文，寫對大家庭的懷念（早年寫的〈媽媽和貓〉在內），樸實真摯，不求文飾，頗似波濤洶湧投入平靜的海，匯為暖流。

就文學成就而論，這本集子的精華在第二輯，篇幅占全書三分之二。這些作品大都在六〇年代完成，現在品味這些作品，我得先品味六〇年代，這本小說集裡有許多句子，對那年代的滋味做了精到的描述——

「單調而沉悶，像鬧鐘一樣，滴滴答答混下去，直到那別人預先撥好的時候，才神經質的亂響起來。」

「很多日子以來我就不考慮意義是什麼東西了，時間只是一個獨立的變數，而我們的一切隨著它變化，這便是生活。一切東西諸如時間、歷史、哲學、愛情，都沒有理由，它們只是相互的存在罷了！」

六〇年代的鬱悶拘謹、內在燃燒，趙民德先生藉著刻畫小說人物，留下許多珍貴的記述。他能用流麗的語風驅走沉悶，但是在最明澈最光潔的時候仍保有那份憂鬱，我不能比他說得更好。

我記得，六〇年代臺灣，一度定位為靡靡之音的流行歌曲淹沒大眾的聽覺，歌臺舞榭，美麗而浪漫的女子扭動身體向聽眾搖手，「喂，喂，你說什麼我不知道，只要歡樂今宵。喂，喂，你說什麼我不知道，不要提起明朝。」五〇年代長期的緊張並未迎來預告的後果，而產生後果的嚴重性並未消失，人在致命的麻痺空幻之中，好像愛慾是唯一可以觸摸的實體，也是唯一可以產生的感覺，有感覺，才會有互動；有互動，情節才有發展；情節演變，才構成小說的內容要件。所以趙民德先生筆下愛情好像是小說的鐘表發條。

第二輯所收九個短篇，可以舉〈如三秋兮〉為代表。三秋分成三個段落，每個段落又好像自成短篇，人物相同，輪流擔任主角，整體構想可以看作是一個長篇，合中有分，分中又合，匠心經營，難度頗高。這種寫法在當時是新穎的，今日也不多見。

三秋之一「秋明」是個男子，到美國留學，愛上好朋友的女朋友素蓉，過程非常自然，但也並非先全沒有歉疚，背後好像有新舊道德觀的交替，墨淡情濃，敘述的語氣如秋雲舒捲。三秋之二「秋婉」寫秋明所愛的那個女子，寫她原來的男朋友去世了，故事時間在「秋明」之前，形同倒敘，行文似醉還醒、似夢還真，那種無語獨坐惘然出神的語氣，極像不分行不押韻的詩。三秋之三「秋暮」，秋明和素蓉結婚三十年了，借用小說裡面的話，「三十年後，人生走到這裡，好像一切都穩定不動了。」「樹的外皮當然都是風霜和艱困，裡面的心還是溫柔的。」素蓉到臺灣給從前的那個男朋友掃墓，死者的弟弟接待他們夫婦，臺北重聚，沒有激情，感人處即在人物處之泰然、讀者內心翻騰，人有這樣纖細敏銳的神經，感受耳朵聽不出、眼睛看不見的高頻率顫動。

「秋暮」的結尾，「陳姐俏生生地站在那在風中，有那麼一點單薄。」我想到紅樓意境。「他們是明晚的飛機，他們，他們是不會再來的了。」兩個「他們」的頓挫之後，四絃一聲如裂帛，青春之火已熄，緣盡情斷，他生未卜此生休。詩的精緻，劇的張力，散文的鋪陳，奠定趙民德業餘小說家的地位。

如所周知，趙民德先生寫這些小說的時候，正值臺灣的文學創作改宗換派，「現代」掌旗，他適逢其會，盡脫舊染。沒有完整故事，藉著人物的惆悵無緒，設計文本表面的混亂，顯示心靈潛在的擾動，釋出張力。〈錯請的舞伴〉、〈我們的故事〉、〈春暮〉，都以人生表相的氣氛和內層的心境見勝，段落短，句子疏朗遒勁，剪裁乾淨俐落，化一人情愫為公眾共有，文字絮絮緊拉你的心，如拉長橡皮筋。

那年代，自由世界的人民有「冷戰症候群」。在某種程度上，趙民德的這些小說，為臺灣的「冷戰症候群」留下活口人證。「冷戰症候群」消失了，這些小說應該留下，也一定會留下，它是藝術，「人事有代謝，往來成古今」，藝術不為堯存、不為桀亡，自有時間和空間。時代走過，人的貢獻留下，以前這個樣子，以後仍然這個樣子。

回應

蘇北坡：從冷戰影響分析文學作品應該是一門學問，可是不知為什麼，沒人在這方面下工夫。「小說中的冷戰靈魂」應該是一本書的名字，一本很厚的大書，如今只有單薄的一篇。

楊揚洋洋：六〇年代，臺灣的「現代主義」可以說是一種冷戰形式，現代詩和現代小說之中有大量可以發掘的「冷戰潛意識」。舉例來說，隱地在六〇年代塑造的「段尚勤」，就是一個典型，後來擴充為長篇〈風中陀螺〉，內蘊更豐富。作家可以不自覺，批評家何以不發覺？

十二姨：什麼是冷戰？先得有文學的定義。

楊揚洋洋：冷戰就是專政的威脅、核子戰爭的威脅，朝不保夕、四顧茫然、沒有永恆的價值和意義，生活在夢遊之中的感覺。

十二姨：這麼說，題目太冷僻了，你說的那種感覺有代表性嗎？

寫在《關山奪路》出版以後

最近，我和作家朋友有一次對話：他說：「咱們這麼大年紀了，還寫個什麼勁呢！」我說：「我們是幹什麼的，我們不是要為社會為讀者寫東西嗎？」他說：「現代人寫回憶錄，時興別人替你執筆啊。」我說：「我是廚子，我請客當然親手做菜。」「你已寫過很多了！」「是的，我已經寫過不少，可是我總是覺得不夠好，總希望寫出更好的來。」「你現在寫的夠好嗎？」「我不知道，我聽說『從地窖裡拿出來的酒，最後拿出來的是最好的』。」

回憶錄第一冊《昨天的雲》，寫我的故鄉、家庭和抗戰初期的遭遇。第二冊《怒目少年》，寫抗戰後期到大後方做流亡學生，那是對我很重要的鍛鍊。第三冊《關山奪路》，寫國共內戰時期奔馳六千七百公里的坎坷。以後我還要寫第四本，寫我在臺灣看到什麼、學到什麼、付出什麼。我要用這四本書顯示我那一代中國人的因果糾結、生死流轉。對日抗戰時期，我曾經在日本軍隊的占領區生活，也在抗戰的大後方生活。內戰時期，我參加國軍，看見國民黨的顛峰狀態，也看見共產黨的全面勝利。我做過俘虜、進過解放區。抗戰時期，我受國民黨的戰時教育、受專制思想的洗禮，後來到臺灣，在時代潮流沖刷之下，我又在民主自由的思想裡解構，經過大寒大熱、大破大立。這些年，咱們中國一再分成兩半，日本軍一半，抗日軍一半；國民黨一半，共產黨一半；專制思想一半，自由思想一半；傳統一半，西化一半；農業社會一半，商業社會一半：由這一半到那一半，或者由那一半到這一半。有人只看見一半，我親眼看見兩半，我的經歷很完整，我想上天把我留到現在，就是叫我做個見證。

今天拿出來的第三本回憶錄《關山奪路》，寫我經歷的國共內戰。這一段時間大環境變化多、挑戰強，我也進入青年時代，領受的能力也大，感應特別特別豐富。初稿寫了三十多萬字，太厚了，刪存二十四萬字，仍然是三本之中篇幅最多的一本。

內戰從哪一天開始算起，說法各不相同。內戰有三個最重要的戰役，其中「遼沈」和「平津」，我在數難逃；最後南京不守、上海撤退，我也觸及靈魂。戰爭給作家一種豐富，寫作的材料像一座山坍下來，作家搬石頭蓋自己的房子，搬不完，用不完。內戰、抗戰永遠有人寫，一代一代寫不完，也永遠不嫌晚。

我們常說文學表現人生，我想，應該說文學表現精采的人生，人生充滿了枯燥、沉悶、單調，令人厭倦，不能做文學作品的素材。什麼叫「精采的人生」？

第一是「對照」。比方說國共內戰有一段時間叫拉鋸戰，國軍忽然來了，又走了；共軍忽然走了，又來了，像走馬燈。在拉鋸的地區，一個村子有兩個村長，一個村長應付國軍，一個村長接待共軍。一個小學有兩套教材，國軍來了用這一套，共軍來了用那一套。一個鄉公所辦公室有兩張照片，一張蔣先生，一張毛先生，國軍來了掛這一張，共軍來了掛那一張。有些鄉鎮拉鋸拉得太快，拉得次數太頻繁，鄉長就做一個畫框，正反兩面兩幅人像，一邊毛先生，一邊蔣先生，掛在辦公室裡，隨時可以翻過來。這都是對照，都很精采。

第二是「危機」。比方說，解放軍攻天津的時候，我在天津，我是國軍後勤單位的一個下級軍官，我們十幾個人住在一家大樓的地下室裡。一九四九年一月十五日早晨，解放軍攻進天津市，我們躺在地下室裡，不敢亂說亂動，只聽見咚咚咚一個手榴彈從階梯上滾下來，我們躺在地板上睡成一排，我的位置最接近出口，手榴彈碰到我的大腿停住，我全身僵硬麻木，不能思想。我一手握住手榴彈，感覺手臂像燒透了的一根鐵，通紅，手榴彈有點軟。叨天之幸，這顆手榴彈冷冷地停在那兒沒有任何變化。那時共軍用土法製造手榴彈，平均每四顆中有一顆啞火，我們有百分之二十五的機會，大概我們中間有個人福大命大，我們都沾了他的光。這就是危機，很精采。如果手榴彈爆炸了，就不精采了，如果沒有這顆手榴彈，也不夠精采，叨天之幸，有手榴彈，沒爆炸，精采！

第三是「衝突」。比方說，平津戰役結束，我在解放區穿國軍軍服，這身衣服跟環境衝突，當然處處不方便，今天想起來很精采。後來由於一次精采的遭遇，我又穿解放軍的衣服進入國軍的地盤，我的衣服又跟環境衝突，又發生了一些精采的事情。衝突會產生精采。

在《關山奪路》這本書裡，對照、危機、衝突各自延長、互相糾纏、滾動前進。楊萬里有一首詩「萬山不許一溪奔」，結果是「堂堂溪水出前村」。我們家鄉有句俗話，「水要走路，山擋不住。」我還聽到過一首歌，「左邊一座山，右邊一座山，一條河流過兩座山中間。左邊碰壁彎一彎，右邊碰壁彎一彎，不到黃河心不甘。」國共好比兩座山，我好比一條小河，關山奪路，曲曲折折走出來，這就是精采的人生。

由第二冊回憶錄到第三冊，中間隔了十三年，這是因為：國共內戰的題材怎麼寫，這邊有這邊的口徑，那邊有那邊的樣板，我沒有能力符合他們的標準，只能寫我自己的生活、我自己的思想，我應該沒有政治立場、沒有階級立場、沒有得失恩怨的個人立場，入乎其中，出乎其外，居乎其上，一覽眾山小。而且我應該有我自己的語言，我不必第一千個用花比美女。我辦不到，我不寫。

我以前從未拿這一段遭遇寫文章。當有權有位的人對文學充滿了希望、對作家充滿了期待的時候，我這本書沒法寫，直到他們對文學灰心了、把作家看透了，認為你成事固然不足、敗事也不可能，他瞧不起你了，他讓你自生自滅了，這時候文學才是你的，你才可以做一個真正的作家。

戰爭年代的經驗太痛苦，我不願意寫成控訴、吶喊而已，控訴、吶喊、絕望、痛恨不能發現人生的精采。憤怒出詩人，但是詩人未必一定要出憤怒，他要把憤怒、傷心、悔恨蒸餾了、昇華了，人生的精采才呈現出來，生活原材變成文學素材。我辦不到，我也不寫。可敬可愛的同行們！請聽我一句話：讀者不是我們訴苦申冤的對象，讀者不能為了我們做七俠五義，讀者不是來替我們承受壓力。拿讀者當垃圾桶的時代過去了，拿讀者當出氣筒的時代過去了，拿讀者當啦啦隊的時代過去了，拿讀者當弱勢團體任意擺布的時代也過去了！讀者不能只聽見喊叫，他要聽見唱歌；讀者不能只看見血淚，他要看血淚化成的明珠，至少他得看見染成的杜鵑花。心胸大的人看見明珠，可以把程序反過來倒推回去，發現你的血淚；心胸小的人，你就讓他賞心悅目自得其樂。我以前做不到，所以一直不寫，為了雕這塊璞，我磨了十三年的刀。

多少人都寫自傳，因為人最關心他自己；可是大部分讀者並不愛看別人的自傳，因為讀者最關心的也是他自己。所以這年代，人了解別人很困難。

我寫回憶錄在這個矛盾中奮鬥，我不是寫自己，我沒有那麼重要，我是借自己的受想行識反映一代眾生的存在。我希望讀者能了解、能關心那個時代，那是中國人最重要的集體經驗。所以我這四本書不叫自傳，叫回憶錄。有些年輕朋友很謙虛，他說他的父親或者祖父那一代到底發生了什麼事，他知道的太少，所以對父親祖父的了解也很少，他讀了這本書多知道一些事情，進一步了解老人家。他太可愛了！

國共內戰造成中國五千年未有之變局。我希望讀者由我認識這個變局。可能嗎？我本來學習寫小說，沒有學會，小說家有一項專長：「由有限中見無限」，他們的這一手我學到了幾分。當初我在臺灣學習寫作的時候，英國歷史家湯恩比的學說介紹到臺灣，他說歷史事件太多，歷史方法處理不完，用科學方法處理；科學的方法仍然處理不完，那就由藝術家處理。他說藝術家的方法是使用「符號」。照他的說法，文學作品並不是小道，藝術作品也不是雕蟲小技，我一直思考他說的話。

我發現，凡是「精采」的事件都有「符號」的功能，「一粒砂見世界，一朵花見天國」，那粒砂是精采的砂，那朵花是精采的花。我本來不相信這句話，詩人幫助我，一位詩人顛覆莊子的話作了一首詩，他說「我把船藏在山洞裡、把地球藏在船上」。還有一位詩人寫〈下午茶〉，他說下午在茶裡。牧師也幫助我，「一粒麥子，落在地裡死了，就結出許多子粒來。」法師也幫助我，他說「納須彌於芥子」。四年內戰，發生多少事情，每一天都可以寫成一本書，每一個小時都可以寫成一本書，我用符號來處理，我寫成一本書。

中國人看國共內戰，這裡那裡都有意見領袖，這本書那本書都有不同的說法。我寫第一冊回憶錄《昨天的雲》盡量避免議論，維持一個混沌未鑿的少年。寫第二本《怒目少年》，我忍不住了，我用幾十年後的眼睛分析四十多年以前的世界。現在這本《關山奪路》，我又希望和以前兩本不同，我的興趣是敘述事實，由讀者自己產生意見，如果讀者們見仁見智，如果讀者們橫看成嶺、側看成峰，我也很高興。

除了跟自己不同，我也希望跟別人不完全相同，有許多現象，別人沒寫下來，有許多看法，以前沒人提示過，有些內容跟人家差不多，我有我的表達方式。我再表白一次，我不能說跟別人完全一樣的話，我是基督徒，我曾經報告我的牧師，請他包容我，一個作家，他說話如果跟別人完全相同，這個作家就死了！做好作家和做好基督徒有矛盾，好基督徒要說跟牧師一樣的話、說跟教友一樣的話，作家不然，我的同行因此付出多少代價，大家衣帶漸寬終不悔。今日何日，為什麼還要勉強做學舌的鸚鵡？為名？為利？為情？為義？還是因為不爭氣？

我的可敬可愛的同行們！「自古文人少同心」，我說的話應該跟你不一樣，你說的話也應該跟我不一樣。東風吹，戰鼓擂，今天世界上誰怕誰！一個人說話怎麼總是跟別人不一樣？這樣的人很難做好教徒，能不能做好雇員？好朋友？好黨員？可憐的作家！他只有一條路，就是做好作家，他是一個浮士德，把靈魂押給了文學。

文學藝術標榜真善美，各位大概還記得，有一首歌叫〈真善美〉，周璇唱過，咱們別因為它是流行歌曲就看輕了它，寫歌詞的人還真是個行家。

真善美。真善美，他們的代價是腦髓、是心血、是眼淚。……是瘋狂、是沉醉、是憔悴。……多少因循，多少苦悶，多少徘徊，換幾個真

善美。多少犧牲，多少埋沒，多少殘毀，剩幾個真善美。……真善美，

欣賞的有誰，愛好的有誰，需要的有誰……

這首歌唱的簡直就是一部藝術史！內戰四年，千萬顆人頭落地，千萬個家庭生離死別，海內海外也沒產生幾本真正的文學作品。我個人千思萬想、千方百計、千辛萬苦、千難萬難，顧不了學業，顧不了愛情，顧不了成仁取義、禮義廉恥。看見多少瘋狂、多少憔悴、多少犧牲、多少殘毀。我有千言萬語，欲休還說。我是後死者，我是耶和華從爐灶裡抽出來的一根柴，這根柴不能變成朽木，雕蟲也好，雕龍也好，我總得雕出一個玩意兒來。……我也不知道欣賞的有誰、愛好的有誰、需要的有誰。一本書出版以後有它自己的命運、自己的因緣。

最後我說個比喻，明珠是在蚌的身體裡頭結成的，但是明珠並不是蚌的私人收藏，回憶錄是我對今生今世的交代、是我對國家社會的回饋，我來了，我看見了，我也說出來了！

我能說的只有感謝

父母之邦蒼山，為我的作品開學術研討會，我不能參加，朋友們要我給大會寫一封信。我說什麼才好呢？我一九四三年離開故鄉，從來沒回去過，現在不單是近鄉情怯，更是近鄉詞窮，我只能說：感謝！感謝天地君親師，感謝唐宋元明清，感謝金木水火土，感謝今天在座的專家、學者、文壇先進，感謝蒼山的長官、父老、諸姑、兄弟、姊妹，我對桑梓沒有任何貢獻，你們給我的，遠遠超過我應該得到的，我心中無法用言語表達的，也遠遠超過我能夠說出來的。

各位在這裡評論我的作品，我感到莫大的榮幸。回想我在蘭陵第五小學讀書的時候，大老師荊石先生怎樣修改我的作文，告誡我戒除當時流行的新文學腔調，奠定我樸素的風格。還有一位長輩田兵先生，他批評我的作文沒有朝氣，後來我痛改前非。我回想當年讀葉紹鈞、夏丏尊合著的《文心》，受到啟發。我想起從北新書局的活頁文選，對沈從文、謝冰心、郁達夫、巴金、魯迅有初步的認識。我回想母親怎樣教我讀《聖經》、父親怎樣對我講解《荀子》的〈勸學篇〉、插柳口的瘋爺怎樣教我讀唐詩。那時候，蘭陵有位潘子皋先生，他是一個中醫，他的太太朱老師在蘭陵小學教書，他告訴我文學是沒有用的。

蒼山市，從前的卞莊，有我姨父姨母的家，我小時候在卞莊住過幾天。姨父是個鄉紳，古典文學的修養很好，姨母是基督徒，有口才，能上臺布道，表哥表姊都是文藝青年，這個家庭也給了我很大的影響。我還記得姨父的深宅大院，院子裡種了很多竹子，表姊和她的同學坐在竹影裡讀冰心。我和表哥在卞莊的大街上散步，他說讀《壇經》的時候要燒檀香，來來往往多少鄉親擦肩而過。姨父的書房裡有很多書法家的碑帖，他說：「自從出了個王右軍，書法家就難做了。」當然，這些都不存在了，那座山應該還在，我還記得大致的輪廓，早晨的山和晚上的山顏色不一樣。卞莊也是我靈感的泉源。

那時候，我偶爾能夠看到文壇先進茅盾主編的《小說月報》，敝族尊長思玷先生是小說家，我在《小說月報》上讀到他的〈一顆子彈〉，印象深刻，我也很想寫小說。那時候，臨沂城裡有一家報紙，叫《魯南日報》，報頭四個字用木刻，「魯」字中間四點寫成一橫，筆觸很粗。我常常讀它的副刊，有個人叫孔佩秋，常常在《魯南日報》的副刊上發表新詩，他寫什麼我都忘了，只記得我也想做詩人。

這些都是對日抗戰發生以前的事情，我在蘭陵小學讀書，學校裡有一套王雲五主編的萬有文庫，裡頭有一些翻譯的童話和小說，我從那裡第一次接觸外國的作品，安徒生的《金河王》、史蒂文生的《金銀島》都讓我做過各式各樣的夢。

抗戰發生，我的世界就破碎了。「種種昨日，都成今我」，他們都是今天我要感謝的對象。今天面對研討會，我是醜媳婦見公婆，不敢問畫眉深淺，蒼山父老瞧得起，認為我可以擺出來給各位貴賓看，蒼山縣的面子大，請得動各位遠道而來。我不敢問各位何所聞而來、何所見而去。二十年前，我的一本選集在國內出版，我說過，我是一顆種子，飄流到海外落地生根，長成一棵樹，結出很多水果，現在把一籃水果送回來。二十年後，我的家鄉開這個研討會，我覺得人生可以分三個階段，第一個階段是實用品，很好用，很管用。第二個階段是裝飾品，用不著，可以看。第三個階段是紀念品，用也用過了，看也看過了，但是捨不得丟掉。我很僥倖能夠從實用品到裝飾品，下一步，我希望更僥倖，從裝飾品到紀念品，想渡到這個階段，就得有各位貴賓的加持、各位的一字褒貶，就是我的生生世世。

有人責怪我，為什麼不到蒼山來參加研討會，我解釋過一百遍，我已經多年不能坐飛機，我的女兒嫁到夏威夷，我不能參加婚禮。對我而言，人生的三個階段可以換個說法，動物的階段，植物的階段，礦物的階段。我在全國各省跋涉六千七百公里，再渡過臺灣海峽，飛越太平洋，橫跨新大陸，我是腳不點地、馬不停蹄，那時候我是動物。然後我實在不想跑了，也跑不動了，我在紐約市五分之一的面積上搖搖擺擺，我只能向下扎根、向上結果，這時候，我是植物。將來最圓滿的結果就是變成礦物，也就是說，一個作家的作品，他的文學生命，能夠結晶，能夠成為化石，能夠讓後人放在手上摩挲，拿著放大鏡仔細看，也許配一個底座，擺上去展示一番。這時候，也許有人為他辯護，說「無用之用大矣哉」！有一種東西似乎沒有用，但是少不了，那就是文學藝術；有一種東西很有用，但是你用不得，那就是原子彈。

今天面對用我的名字舉辦的學術研討會，我會想到我的創作時代過去了，即使我的確很好，那也是個已知數，文學永遠需要未知數，文學的辭典裡沒有知足，文學的世界裡沒有恤老憐貧，文學需要一代一代繼續創造。我們蘭陵、蒼山、臨沂都是文風鼎盛、人才輩出。各位先進、各位權威來檢查一個已知數、分析一個已知數，是為那些未知數做預備。很慚愧，我不能為家鄉的文藝青年做什麼，我相信各位父老、各位長官，都會勻出一些精神時間來培植他們，容我用施洗約翰的一句話，「那後之來者比我大，我就是替他提鞋也不配。」

謝謝！

輯二

我也可以說不

新聞工作的得失

我到一個座談會去做聽眾，有一位主講人指責新聞媒體常有偏見或謬誤，在座發言辯解的人太客氣、太含蓄，我忍不住說了幾句話。座談由教會主辦，我說人類是犯錯的動物，用基督教的話來說，人人犯罪。媒體是長期事業，他的錯誤他自己會發現，也一定會糾正，用基督教的話來說，他追求救贖。

我說新聞媒體二十世紀最大的謬誤是，認為列寧、史達林建立了一個最好的社會，幾乎全世界的新聞記者都這麼說，你也休怪中國的許多報紙雜誌跟著說。新聞記者不是先知先覺，他是後知後覺，有一天他知了、覺了，社會上還有千千萬萬不知不覺，誰來喚醒這些人呢？還是靠傳播媒體、靠新聞記者。你不能永遠欺騙所有的新聞記者，因之也就無法欺騙所有的人，解鈴還須繫鈴人，如果新聞媒體誤導了上一代人，新聞媒體也會啟迪、警告、改變下一代，這就是新聞記者的救贖。

我說新聞記者是可以欺騙的，命運「欺騙」他們，潮流「欺騙」他們，意見領袖「欺騙」他們，「事實」也可能「欺騙」他們。他們報導事實，但「事實」並非等於真實，「周公恐懼流言日，王莽謙恭下士時」，都是事實，可是都不是真實。等到「真實」變成「事實」，周公歸政，王莽篡位，新聞記者繼續報導，他們「以今日之我與昨日之我戰」，尋求救贖，人生和歷史就是在不斷的救贖中向前向上。

座中有人說，人永遠不能知道「真實」，意在貶低新聞工作的價值。我說我知道句話，這話是哲學家說的。我還知道，既然無法重現「真實」，那就放棄真實、追求精采，那是文學家說的。哲學文學都了不起，但新聞工作同樣了不起，新聞記者的態度是——既然報導容易失真，那就要遵守某些規範力求接近真實，既然放棄真實才產生精采，那就要抵抗「文學效果」的誘惑，新聞工作也有他的「戒定慧」，萬丈紅塵中護持方寸。我說哲學如水、文學如酒，新聞報導介乎兩者之間，如茶，人類需要茶，一如他需要水和酒，甚至可以說，今天的人民大眾可以想像沒有哲學也沒有文學的日子，不能想像沒有新聞報導的日子。

李白杜甫誰給他稿費

「作協」的會員在這裡展示最近的作品，這是我們新年的一個好彩頭，來到會場一看，哇，作品這麼多！我們大家還是這麼努力！平常人前不誇耀，背後還真有兩下子！再仔細一看，怎麼還有很多人沒把作品拿來展示？本來作品還應該更多才是，這一年兩年咱們很有成績、很豐收。

我預料今年年底或者明年年初，還有這樣的展示會，我建議，出了書的人固然把書帶來，沒出書的人也把剪報帶來，如果文章還沒發表，把原稿打印出來，一樣可以參加展示。今天是全民寫作的時代，又是一個小眾流通的時代，有沒有出書已經不重要。

這個全民寫作和小眾流通的現象是因網絡形成的。我們來迎接這個時代，你寫稿用電腦了沒有？有電腦，你上網沒有？我們大家朋友今天都在這裡交換E-mail的地址，我們寫了文章傳給大家看，你如果覺得文章好，就用E-mail傳給你的至親好友。你可以把文章貼在網上，也可以把網上的文章下載到你的電腦裡再傳給朋友，網絡會把一個一個小眾連接起來。從前搞組織的有個理論：你去找十個人，這十個人每人再找十個人，這樣發展下去，可以把全國的人組織起來。現在，你如果把一篇文章傳給十個人，這十個人再每人傳十個人，只要傳五次，後面就加了五個零，就是一百萬人！

所以咱們別再老盯住出版社和副刊、別再念叨版稅稿費，想當年李白杜甫誰給他版稅？李白喝了酒，寫了一首詩，酒店老板把他的詩貼在牆上，這就是上網；來喝酒的人看見了，抄下來，這就是下載。曹雪芹寫《紅樓夢》，寫成了一回就拿到燒臘店換半隻燒鴨，燒臘店的老板找人抄十份八份送給他的大主顧，大主顧回家找人抄十份二十份，送至親好友，這就是轉貼。現在眼看著我們又來到那個時代，我們都是李白曹雪芹！

各位敬愛的文友，現在已經不是文人煮字療飢的時代了，誰家還缺少斗酒隻雞？我們愛的是稿費版稅嗎？賣一本書能賺多少錢？賣一臺冰箱賺多少錢？賣一輛汽車賺多少錢？咱們為什麼不去賣冰箱汽車？因為咱們愛的是文學。文學作品要流通要傳播，今天傳播這麼容易、流通這麼方便，李白杜甫做夢也想不到！別辜負了你跟文學的海誓山盟，寫吧，寫吧，寫吧！

他們說的是兩種語言

「廢除死刑」的議題在臺北颳起一陣強風，我們的社區卻是水波不興。我倒是認真想了一想，無他，為的是訓練思考。

我也曾經反對死刑，那是青年時期根據自己所見所聞而下的判斷。那時求知慾旺盛，讀過百篇相關的論文，把自己武裝起來。若是要我申述「廢死」的理由，我可以考一百分。但是後來我明白，這些都是「在野」的清談，人生在世，做官說一種語言，坐牢說一種語言，發財說一種語言，破產說一種語言，結婚說一種語言，失戀說一種語言。倘若時空錯位，人家就說你胡言亂語。

依國民政府的設計，判刑是司法，行刑是行政，設置「司法行政部」負責執行。官居「司法行政部長」而反對死刑，拒不批准，而且宏論連篇、振振有辭，倒是官場的一個怪現象。他當「部長」以前、卸任以後，都可以反對死刑，既然坐上那個寶座，「個人意見」應該收起來。或者說，既然堅持「廢死」，何以接下這個職位？既然上任，又怎可以讓這個職位做主張「廢死」的發言臺？

這個爭論發生以後，你可以發現很多人的思路紊亂或模糊。也許理想的人類社會沒有死刑，若說「國家不該有死刑」，這句話恐怕說得太快了。治國要有工具，死刑是治國的工具之一，執政者要看自己手中有哪些工具可用，猶如賭徒看他手中有什麼牌。犯罪者手中有一張王牌，就是不怕死，執政者手中也有一張王牌，就是殺死你！「民不畏死，奈何以死懼之？」答案是兩張王牌對決。這是社會的不幸，但是你單單把政府的這張牌取走，也並非什麼福音。

「廢死論」中有一條理由，「任何人無權取走別人的生命。」可是殺人犯已經先取走了另一個人的生命，你怎麼看待？殺人犯已經先取走了三個五個人的生命，你又怎麼看待？這件事你我束手無策（甚至束手待斃），只能靠司法插手處理，那人不是「任何人」，而是有特定職責的人，他高出於「個人」。我知道這個說法有危險，但是取消了這個說法同樣有另一種危險。

還有，冤獄也是「廢死論」的一張牌。「世人無冤屈，牢中無犯人」，意思是說所有的受刑人都冤枉，這是一種語言；高唱「明鏡高懸、毋枉毋縱」是另一種語言。既然有死刑存在，法律難免有時殺錯了人，大錯一旦鑄成，「生命是不能補償的」。什麼是可以補償的？光陰可以補償嗎？你把一個青年人送進監獄，等他變成老翁時發現關錯了，你怎麼補償他？有些受刑人的婚姻破碎了、幼子夭折了、前程斷送了，如果這是冤獄，你又怎麼補償他？那麼，既然無法補償，一律廢除？

看起來我好像是支持死刑的了？非也，我只是訓練思考的能力，這是我的一次作業練習。看看前後左右，多少人太容易接受一個簡單的說法就停止思考，許多糾紛都由此面生。利害之爭不能憑理念解決，而理念之爭又往往不顧利害，學會了看問題要面面觀，多少口舌是非都是多餘。

有人告訴我，天下大亂是歷史家造成的，如果把歷史家都關進監獄，把歷史著述都燒了，那就出現大同世界。我為之愕然，他怎麼會相信這樣的說法，難道在所謂史前時代有過大同？

還有人告訴我，飛機是最安全的交通工具，他說以空難人數除飛行里程，要多少多少里才死一個人。我也愕然，他應該以空難人數除飛行時間，看多少時間死一個人，再和火車輪船做比較，結果一定不同。

當然，各種說法都是「言之成理、持之有故」，根據自己所見所聞而下的判斷，進一步否定別人不同的判斷。倘若做面面觀，我的愕然也都是多餘的了。

天使何時走過

有一年，我在佛光道場參加座談會，開頭一句話我就說：「我一拿起麥克風，心裡就充滿了貪嗔痴。」聽眾大笑，有人鼓掌，可見我道破了演講人普遍的心態，這才發生了喜劇效果。

發言者伸手抓過麥克風，越講越有癮，這是貪。對限制發言時間極為反感，藏怒在心，悻悻然現於五官，這是嗔。自以為所說的話人人愛聽、人人受用不盡，以為我的雋詞妙語將流傳四方，這是痴。其實都不必、都多餘。

現在有個名詞叫話語權，說話是一種權力，麥克風就是令牌。權力在手，戀戀不捨，於是話越說越多、時間越拉越長。這恐怕也是一個普遍現象，「下面我簡單講兩句」已入選當代十大謊言。

如果發言有技巧、有內容，多說幾分鐘當然受到歡迎，但是不要忘了，講話不比唱歌，無論講得多精采，也從來沒人喊「安可」，還是不要越過約定的時間為佳。如果越說越高興（自己高興），儼然「山中無曆日，寒盡不知年」，計時員舉牌，牌上寫著時間已到，他已喪失視覺；主持人送過來一只手表，暗示時間已到，他也喪失記憶力；聽眾有人打瞌睡、有人「抽籤」出場，他也不能舉一反三；直到全場毫無理由的熱烈鼓掌，硬生生的切斷他的滔滔不絕，他還是微笑點頭，坦然接受大家的熱情，無法領會弦外之音。這時候，我十分懷念那種設備完善的場地，每人面前一支麥克風，每一支麥克風的電源可以單獨切斷，主持人授意把你的喇叭弄啞了，讓你英雄末路、侘傺失氣。繼而一想，如果在那種場地座談，某些人也根本上不了檯面。

最近讀到一句話，「講話講到十分鐘停下來，就會有一個天使走過。」這句話，要參加過許多座談會、忍受過許多疲勞轟炸的人才寫得出來。為什麼說天使走過？當聽演講成為折磨時，停下來就是解救。為什麼說十分鐘？如以演講稿的字數而論，十分鐘可以講兩千字，等於報紙的一篇社論，可以承載豐富的內容。電視臺一分鐘可以報一條新聞，電影導演聽編劇推銷自己的故事，限一分鐘講完。請恕直言，除了學術專題或總統咨文，你我在普通公眾活動中講話，實在沒有任何內容值得你超過十分鐘，數量不能決定質量，多不如少，少不如好。

容我接著演繹下去：講話講到十分鐘停下來，你家裡的玫瑰就會開花；講話講到十分鐘停下來，會場桌子上的假花就會冒出香氣；講話講到十分鐘停下來，我馬上出去買一張獎券，一定可以中獎。還有講話超過預定的時間太多，就會有魔鬼出現，聽眾坐在那裡，或苦眉愁臉、忍辱苟安，或怒火悶燒、七竅生煙，多少面孔變成一副魔相。如何選擇，真是「不待智者而後辨，不待卜者而後決」也！

唉，上臺講幾句話算什麼，想不到誘惑力大得出奇。有人不做科員做教員，有人不做廚師做牧師，只是為了說個痛快淋漓、說個唯我獨尊，一旦出席公眾活動，絕不會三言兩語就把手裡的棒子交出去，他要試試在座的各位有多大的耐性，他要看看主持人臉上的微笑能維持多久。公共集會發言盈庭的場合出現了反淘汰，越不會說話的人講話越多，這種集會彷彿是廢話收集站，如果有研究生以廢話做論文的題目，這裡倒是提供了方便。

我們嚮往簡潔的語言，倘若可能，加上雋永；倘若可能，再加上機智。

至少要保持簡潔，文化修養的表現在乎簡潔，思路清晰的表現在乎簡潔，語言簡潔的人敬愛公眾，也得到公眾的敬愛。

我猜同性戀

「同性相斥，異性相吸」，沒錯。可是男女相悅才是常態，同性戀是變態，這話我有些懷疑。

世上真有百分之百的「純男」和百分之百的「純女」嗎？「陰中有陽，陽中有陰」，所謂男人，大概是他體內的陽剛比陰柔多一點吧；所謂女人，大概是她體內的陰柔比陽剛多一點吧。那麼兩個女子相愛，焉知不是甲女體內的「陽」吸引了乙女體內的「陰」呢？兩個男子相愛，焉知不知乙男體內的「陰」吸引了甲男體內的「陽」呢？很可能，他們仍然是異性相吸啊。

別問我要數據，我只能指出一個現象，「同性戀」的兩個男人，總是有一個人很女性化，或者兩個女人中總有一人很男性化。你見過兩個人猿泰山搞同性戀嗎，你見過兩個林黛玉搞同性戀嗎，我沒見過。我總覺得同性戀中有一個人構造錯誤，本來應該是男人，偏偏給了他一個女人的身體，反之亦然。這不是變態，這是「變體」，這是造物者的過失，不是「他們」的錯。

常態變態，一言難盡。有一位男畫家約了一位「女模」來供他做人體寫生，兩人在畫室裡見了面，畫家一看，時間尚早，就倒了兩杯咖啡和女模對飲。不料他憑窗一看，大驚失色，催促女模，「別喝咖啡了，快脫衣服！快脫衣服！我太太來了！」在這位太太眼中，這時女模裸體才是常態。

還有一個故事。天體營在海灘開會員大會，邀請市長演說，市長上臺一看，會眾都一絲不掛，只有他衣冠楚楚，這太不「正常」了，心中大為窘迫，坐立不安。第二年天體營又開大會，市長又去演說，他吸收上次的經驗，脫光衣服才走出汽車，誰知會員個個服裝整齊，只有他一人「天體」，他又幾乎無地自容。

天下事，常態變態，往往如是。

有人認為同性戀破壞家庭制度，必須反對。我說，你當然可以反對同性戀，至於家庭制度嘛，我猜沒有同性戀，他也未必肯照規矩結婚，結了婚，也未必有快樂的生活，讓他搞同性戀，對家庭制度的威脅也微乎其微。君不見獨身、離婚、外遇何其普遍，加上晚婚和逃家，林林總總，對家庭制度也沒產生多大破壞力，何況同性戀區區少數？至於「如果人人都搞同性戀」，過分擔心了吧！借用先賢說過的話，「其理或有，其事必無也！」

我得聲明，我絕不「鼓吹」同性戀，我只是想知道，由「反對」同性戀發展到「歧視」，再發展到「仇視」，其中「性嫉妒」究竟產生多大的作用。舊日習俗，洞房花燭之夜，親友對新郎新娘百般虐待，稱為「鬧房」，可視為「性嫉妒」的樣板。社會清議對寡婦再嫁、尼姑還俗、一樹梨花壓海棠、鮮花插在牛糞上，都曾加以「誅罰」，大抵都是性嫉妒的偽裝和變形。假「正常」之名，那些「醜化敵人、誇張敵人」的老招數，才破壞了社會上的什麼什麼。俱往矣，現在輪到同性戀者出題，「我們」來解答了。

同性戀古已有之，成為一個嚴肅的問題，則是「現代」的事，這或者顯示今天個人主義已成主流，同性戀者的口號「驕傲做自己，勇敢站出來」，呼喊出時代精神。今天的青年，沒有幾人願意再為抽象名詞受苦（即使那是正義），沒有幾人願意在集體的大旗下受委屈（即使那是國家），沒有幾人願意遷就別人的感受（即使那是父母）。於是「只要我喜歡，有什麼不可以」？比同性戀更「變態」的行為還少嗎？我們也是小人物，不能兼善天下，「驕傲做自己，勇敢站出來」的人需要空間，你我都得退後三步，把「個人」的交給各人，也把自己的留給自己吧。

虎媽悍母

「中國母親是否比較優越？」一本回憶錄，一個新聞標題，居然震動了美國主流社會。看鋪天蓋地而來的讀者反應，好像美國人患了兩種病：一是兒童受虐過敏症，一是人口素質下降國力衰微的恐懼症。

資料說，在美國，虐待或疏於照顧兒童的個案，每年近三百萬件，換算下來，「平均每五十二分鐘就有一個孩子受虐、每八天就有一個兒童死於大人施虐或攜子自殺。」兒童是國家未來的主人翁，必須保護，於是中國新移民遇到他大惑不解的怪事：自己的孩子自己不能管教，警察和社工人員上門把孩子帶走，父母面臨控訴。在這方面，美國神經緊張，防患惟恐不周，自有背景因素。

「兒童」的含義是十八歲以下未成年的人，「虐待」的定義包括「強迫孩子做他不願意做的事情」，依據當然解釋，在某種程度上也包括了禁止孩子做他喜歡做的事情，於是把千千萬萬的孩子寵壞了，人口素質降低，美國軍隊的戰力、科學的發明創造力、工商業的競爭力都面臨考驗。美國也有人先天下之憂，他們的潛意識裡有焦慮。

保護兒童和造就人才之間有矛盾，這一次有關「中國母親」的強烈反應，顯露了美式父母的左右兩難。我是否可以說，他們有人對正宗的美式的教育方式失去信心，充滿了危機感，居然肯定中國的「虎媽」。我是否可以說，有些華人早已融入主流，他們只能維護主流價值、肯定自己，因而指責中國的「悍母」。

這些人是否真正了解「中國母親」的教育理念？美國的「中國父母」也早已在某種程度上入境隨俗，放棄親權至上。可是在他們看來，孩子飲茶還是飲咖啡可以由他，如果是飲酒，豈可緘默？孩子進網球場還是籃球場，可以由他，要是進賭場呢？必須反對。孩子傾向哪一黨哪一派，可以由他，要是傾向幫派呢？必須用心堵塞預防。他們如果在這些地方「尊重孩子的選擇」，那就連朋友也不如，怎麼配為人父母？

中國父母又何嘗願意這樣做！如果能選擇，他們寧願像王安石的詩，「願為五陵輕薄兒，生在貞觀開元時。鬥雞走犬過一生，天地安危兩不知。」如今有多少美國孩子正是如此或接近如此。「美國父母」讓美國孩子享此特權，也許對得起他們開國諸賢，「中國父母」若讓孩子跟進，愧對列祖列宗。美國人席豐履厚，他們付得起代價，中國移民付不起。再說，他們的有識之士也早已看見帳單皺起眉頭了！

「虎媽」的示例也許並不適合美國人，一如美式「以子女為朋友」的示例並並不適合中國人。他們有他們心安理得、死而無悔的事情，我們有我們心安理得、死而無悔的事情，大家都是為美國造就健全的下一代，各行心之所安而已！可以預料，誰也沒有百分之百的成功，誰也沒有百分之百的失敗，一個孩子，如果因父母放任，後來成為學者，他也絕不會因為管教而成為文盲；如果他因管教而成盜賊，也絕不會因放任成為聖賢。

「虎媽」的示例也並非為全部中國人所必需，想想古聖先賢怎麼說，「或生而知之，或學而知之，或困而學之。……或安而行之，或利而行之，或勉強而行之。」要看孩子的根器資質來考量，中國父母也只是盡心焉耳矣！他想製造聽話的機器人？蘇聯共產黨傾七十年之力沒有做到，中國共產黨傾五十年之力沒有做到，他們是多廣的範圍、多大的權力、多周密的配套，尚且勞而無功，身在美國的「中國母親」怎麼配？聽起來簡直「欲加之罪，何患無辭」嘛！

「虎媽」的弱勢戰略

談「虎媽」的文章已經夠多了，可是我想到一點意思，還有分享的價值。

反對「虎媽」的人，竭力申說美國的教育並非如此，誠然。可是這些朋友似乎忘了，「美國母親」的信馬由韁，正是「中國母親」上緊發條的理由，這裡面有生存策略的考慮。華人新移民的子女來美，與老居民的子女爭一席之地，人家若是疏懶散漫，咱們就要勤苦自律；人家若是虎頭蛇尾，咱們就要一貫有恆；人家若是自暴自棄，咱們就要「知其不可而為之」。子女不懂事，父母加把勁，使下一代困而學之、勉強而行之。中國母親本是綿羊，披上虎皮背水一戰，希望化劣勢為優點。

策略之下，當然有技術問題。以學習音樂而論，「拳不離手，曲不離口」，課外的練習比課堂上的學習重要。假如其他條件相等，練琴六個小時當然優於五小時，五小時又優於四小時。嘗見有些孩子羨慕人家會演奏樂器，父母為他買了提琴，也帶他投了名師。上課時老師指點作業，學生回家練習，下一次上課時拉給老師聽，老師知道你偷懶，斬釘截鐵一句話「next week」，叫你立刻回家。下一次你仍然毫無長進，老師就說：「你不適合學提琴，下禮拜不必再來了。」他不願意陪你浪費光陰。於是提琴掛在客廳的牆壁上做了裝飾品。如此這般又豈足為法？

今天一般中國第一代的移民家庭，頗像百年前中國的低門矮戶面對豪強巨室，唯一的機會就是人家的家裡出了「兔媽」、自己的家裡有個「虎母」。上天公平，無形中有個自然律，「人家」的子弟容易嬌慣放縱、荒廢光陰，不能抵抗各種惡習，「咱家」的子弟若要爭一日長短，只有乘勢反其道而行，以勤對惰，以勞對逸，攻其所不能救。「人家」的不足之處，自有家庭條件、社會人脈可以補救，咱們沒有，咱們只有對他們思想行為採取批判的態度，建立「有中國特色的美國家庭」。

沒錯，讀書之外，三百六十行，行行出狀元，學提琴失敗的人後來可以經商致富，但是也要知道這樣的自然律在任何一行中都會出現，競爭的戰略相同。貴族盛極而衰，在很大的程度上由於子女不能進德修業、家長又不能糾正；平民否極泰來，由於忍人之不能忍、為人之不能為。此一歷史教訓，中國母親不會忘記，除此以外，她也實在不知道還能怎麼做。「美式母親比較優越」，她怎麼也不會相信。什麼折中調和、取長補短，說來容易，榜樣安在？她連這樣一齣電視劇也沒見過。

你可以說「人生貴適意」，退出競賽，把一切放棄，絕不可以說退出競賽反而可以成為贏家。教育不能決定一切，沒錯，但教育又豈是全無作用？有學問的人說，人生是「教育、遺傳、環境構成的三角形」。我們完全無法掌握遺傳，我們又有多大能耐左右環境？只有教育，我們有較多的自主能力，對遺傳和環境，教育可以發揮兩者的優點、彌補兩者的弱點。人性複雜，孩子不是植物，不能完全委之於春風化雨，教育總有方向、總有人為和強制的成分，比例和程度因人而異、因時因地而異。若說教育子女是藝術，那也陳義過高，「中國母親」靠的是意志和運氣。

世上永遠有「虎母」，也永遠有「兔媽」，「兔媽」的角色比「虎媽」容易扮演，也容易討好觀眾。情勢所迫，「虎媽」行其所不得不行，局外哪知局裡難！談「虎媽」的文章太多了，料想作者們都寫累了，讀者們也看累了吧？好在「虎母」、「兔媽」都不能絕對注定子女的成就，變數還有很多。祝福她們吧！

母親的心，子女的腦

「中國母親是否比較優越？」在這裡，「中國母親」和「美國母親」兩個名詞的含義都有規範，「中國」代表嚴格的管教干涉，「美國」代表過度的放任自由。「中國母親」著眼孩子的全程，「美國母親」著眼孩子的一段。以抽菸為例，「中國母親」看見孩子在十四歲時抽菸，眼前連續出現一張又一張畫面，四十歲的「菸容」（抽菸改變人的儀容），五十歲的肺癌，六十歲的心血管阻塞，她的急迫感、責任感，「美國母親」難以體會。「美國母親」當然也勸未成年的孩子不要抽菸，若是勸阻無效，不會採取打罵搜查等等手段，抽菸的後果是孩子自己的事，現在孩子需要有一個快樂的童年，這才是她的事。

從歷史上看，中國的賢母都是嚴母，大都出自清寒之家，這位母親知道孩子立身處世別無憑藉，只有教育，督責孩子用功讀書是她對子孫的搶救。中國母親的此一特質，一九四九年在臺灣集中表現：幾萬個家庭從中國流浪到臺灣，沒有家世，沒有財產，沒有親族，沒有任何依靠，子女教育是他們在大海中的一片浮木。那年代，臺灣也出現了一群「魔鬼教師」，手裡永遠揮動一根籐條，這批嚴師得到家長的充分支持。

到了美國，中國母親的此一特質又有一次集中表現：充滿了危機感的母親，教育出一批有專業成就的子女。功課成績全A的學生可能缺乏組織能力和領導才幹，教育家的理論沒錯，這些人可以做教授，難以成為大學校長。可是「中國母親」的想法是：如果孩子把坐在圖書館裡的時間去打籃球、搞遊行、做義工、當助選員，就能當上大學校長嗎？若是連教授也做不成呢？「中國母親」很少後悔她們的選擇。

「中國母親」傷害了她的子女嗎？中國民間有個說法，子女長大以後有一個階段開始「回味」，重新了解他在少小時期和父母的關係，他開始發現父母對他的禁令和督責對他都是有益的，他對父母充滿感激。如果當年有些事情父母對他太「客氣」了，以致貽患久遠，他反而抱怨父母「你為什麼不打我呢？為什麼不罵我呢？為什麼沒有揪著我的耳朵警告我呢？」。可以說，中國母親施教，用的是「心」，中國子女受教，用的是「腦」，施教者情感充沛，受教者理解困難。直到有一天，據說是到四十歲左右，兩者自然融合了，兩代的關係這才進入黃金期，萬一子欲養而親不待，或者白髮人送黑髮人，那就抱恨終天了！

事實上，資料顯示，中國的第二代「融入主流」以後，「虎媽」、「悍母」紛紛軟化或流失，中國移民的第三代，健康、敬業精神、承受壓力的能力普遍下降。多少母親打牌，不打毛線了；做頭髮做衣服，不陪孩子做功課了；關心帳單稅單，疏忽孩子的成績單了。美國學者給為人父母者提供了一套親子教育的方法，美國母親要用「腦」來做、讓孩子用「心」承受，美國母親也只有很少數人做得到，那做不到的就投降了！依我之見，這一次美國社會對「虎媽」、「悍母」根本是過度反應，放心吧，沒有多少「母親」會虐待你們的下一代，你們把下一代交給幫派、毒販、拐賣人口者和血汗工廠去虐待吧。

眷村和眷村文化

當年在中國大陸，我不記得有什麼眷村。軍人的眷屬住在民家的空屋裡，甚或要求房主「擠一擠」，騰出地方來。部隊調動的時候，先頭部隊提前一步到達，村長陪著他挨家挨戶看房子，誰家的房子適合誰來住，他用粉筆寫在大門上，稱為「號房子」。在這裡「號」是動詞，意思接近「預定、登記」。

那時軍眷多半很窮，房租「當然」免談，軍民兩家合用一個廚房，難免「偶然」燒人家的柴煮飯、用人家油鹽炒菜。孩子不懂事，有時候跟房主的孩子打起來，軍眷難免「護犢子」。有時候軍官打太太，或者太太罵丈夫，「貧賤夫妻」的無奈，老百姓一一看在眼裡。那時軍民關係很壞，混合居住是一大原因。

了解這些歷史背景之後，就理解臺灣為什麼會有眷村。國民政府大敗之後，痛定思痛，痛改前非，做出許多「嚴以律己」的措施，其中一項就是軍人的眷屬盡量集中居住，要和民家保持距離。這時軍眷更窮，必須防杜擾民的行為，也必須維護軍人的形象。如果我是臺灣本省人，我會欣賞這個措施。

眷村初創，十分簡陋。破竹編牆，兩面塗上泥巴，號稱「竹骨水泥」，上面可能只有一層石棉瓦。空間狹小，最小的眷舍只有六坪（一坪＝三・三〇五七八五 m^2）。難以計數的「媳婦」們，「國破家亡」之後，一家一家「圈」在圍牆裡面，茹苦含辛，相夫教子。

現在是個反思的時代，仔細一想，以前的事情好像什麼都不對了。據說眷村形成封閉的小部落，妨礙眷屬們融入臺灣的本土社會。這話未免太「理想」了吧？「融合」照例伴著痛苦，當年無論本土外來，都沒有足夠的心理準備承受這種痛苦。現在有個名詞叫「磨合」，回想當年人心敏感脆弱，怎麼禁得起「磨」？磨而後合，緩不濟急；磨而不合，後患無窮。今天歷述「前朝」的罪愆，被告的名單中沒有軍眷，這就是眷村的正面意義。

我得再說一次，當年中國大陸天翻地覆，她們家破人亡、千里奔波，她們是受了傷的野生動物。她們並未受過戰鬥訓練，只是一般女子，卻要和她們千錘百鍊的丈夫一同擔當「共業」。受傷的獸要找一個山洞舐傷，眷村是她們的洞。大劫大難之後，重新尋找人生的目標，身入眷村猶如閉關修行，她們不修今生修來世，孩子的成長就是她的重生。她們奮不顧身顧孩子，砸鍋賣鐵繳學費，眷村出來多少教授、將軍、醫生、律師、作家、良吏，甚至「名臣」，都是第一流人才。凡事總有意外，眷村也出流氓太保，連流氓太保也是第一流。

這是中國文化，這是中國的傳統文化、正統文化。這是文化裡面「君子固窮」、「窮則獨善其身」、「困則聚而為淵」的那一部分。她們不能融入，她們的子女融入了，而且是社會的精英，這個「剝極必復」的定理，靠她們的「固執」而顯現，從長遠看，她們的「封閉」是對家庭的犧牲，也是對社會的奉獻。在眷村之外，在農村裡，在本土家庭裡面，也有「放牛的孩子」做了特任官；在漁村裡，也有老漁夫把六個孩子都培養成博士，他們的父母又何嘗「融入」？那些太太們也都在「封閉」中做出奉獻。這裡那裡，她們和中國歷代賢母一脈相承、一念相通，她們都有共同的精神面貌，我看不出在文化上有多大區隔。

回響

漏網白鯊：當年眷村根本是一種特權，跟八旗貴族「圈地」相似，土地占用了二十多年以後化公為私，蓋公寓大樓分肥。

老牧：那時臺灣到處有許多日本時代留下的「公地」，國民政府接收過來，實施「公地放領」，交給農民耕種，眷村使用的是也這種公地。依照法律規定，住滿十年就可以拿到土地所有權。後來政府找建築商蓋公寓大樓，撥出某種比例讓住戶分期付款購買，也算是他們在臺灣的經濟繁榮中「吸吸」到一點餘瀝。

鏗鏘回音壁：有一個眷村，建在乾涸的河床上，那一片土地寸草不生，只見砂石，指揮官認為占用這塊土地不妨礙農民耕稼。一九五九年，臺灣發生「八七水災」，山洪暴發，一夕之間，把這個眷村送進東海，數百名婦孺連一隻鞋子也沒留下，軍中列為機密，未列入水災損害的紀錄。「特權」云乎哉！

漏網白鯊：為將之道，上知天文，下曉地理。這位豆瓣醬把眷村建在河床上，害得數百眷屬屍骨無存，怪不得別人。

老牧：唉，當地同胞何以沒有人向那位將軍進勸，一句話勝建數百座浮屠，他竟放棄機會。當然語言不通是個障礙，原因只此一個嗎？

紅口白牙：國軍撤到臺灣後姿態很低，對軍眷管理很嚴。當時下級官兵的薪餉幾乎等於沒有，眷村中每一個母親都告誡他的兒子不要再做軍人。有一年，中學入學考試，那時有一種是非題，試卷上印出幾句話來交給你判斷，你如果認為他說得對，就畫加號；如果認為他說錯了，就畫減號。有一道題目是「好青年要投考軍校」，出試題的人預定的正確答案是加號，可是試卷上都是減號。

魯男子：當年軍眷都是難民，臺灣是他們的「新地」，也是「苦地」，他們接受挑戰，做出正確的回應他們伏在地上，用脊梁骨搭成鐵橋，讓子女走到彼岸。不要醜化他們，留著他們的形象激勵後人。

富而仁，貧而樂

遠志明牧師講道引恩格斯的話，「罪惡是推動歷史的原動力。」傳道人能藉恩格斯和沙特說事兒，具有神學家的格局，社區難得一見。

我聯想起伏爾泰所說：「巨大的財富背後一定充滿巨大的罪惡。」我相信他們所指乃是宗教家所謂罪惡，而非法律家所謂罪惡。我又想到當年基督布道以社會底層大眾為對象，爭取蘇友貞先生所說的「最渺小、最末後、最被遺忘」的那一群，為了接引方便，有些言論接近仇富，那些話很有煽動的力量，後來一度成為政治革命家的口號，不該成為宗教的終極信條。

凡是歷久悠久的宗教都經過不斷演進，觀察演進的痕跡可以得到許多有趣的話題。後來宗教終於跟財富和解了，現在大部分教會說，錢是上帝的，資本家是上帝的管家，他「管」的錢越多，越能得到上帝的喜悅。誰也沒本事拿五餅二魚讓五千人吃飽，你得有五千個飯盒，天下豈有白吃的飯盒，你背後得有一個人捐出支票來。耶穌曾說，窮寡婦捐出兩枚錢，勝過富人一擲千金，這句話何等了得！可是教堂漏雨的時候，牧師不能憑這兩枚錢付清修繕費，更別說興建那些莊嚴的大教堂了。

巨大的財富背後是否有巨大的罪惡，我不知道，我知道巨大的財富「前面」才可以有巨大的善行。沒有富人捐款，多少藝術工作、慈善事業、教育計畫都不能興辦，或興辦而無法特久。美國大富翁蓋茲一出手就是五十億元，他並非孤例，只是代表。大資本家賺錢的時候不會溫良恭儉讓，可是蓋茲表示身死之後資產全部捐給公益事業，只留一千萬元做家屬的生活費用。「溫良恭儉讓」的人有何理由菲薄他？

美國有些基金會和教會浪費善款，惹人爭議，但是捐款人並未灰心，新聞報導說，醜聞年年有，捐款的總數年年有增無減！佛教徒常說，捐款是「我」的功德，濫用善款是「他」的業報，各有各的帳本兒，何況浪費只是九牛一毛，即便是浪費了九牛一牛，其他八頭牛還是物盡其用了。富人底氣足，容易有這樣的胸襟氣魄，如果他省下菜錢捐給孤兒院，發現院長拿公款回家養寵物，恐怕立時有切膚之痛，發誓再也不上當了。

也許因為中國窮人太多，先賢鼓吹「貧而樂」，立下很多典型。顏淵全家營養不良，但「位階」僅次於孔聖人。古希臘的一位哲學家，一身之外只有一個飲水用的東西，有一天他經過河邊，看見一個孩子用雙手捧起水來喝，頓時醒悟這個飲水用的東西也是多餘的，馬上把它丟入河中。亞歷山大大帝來看他，問他有什麼要求，他說「請你閃開，我要曬太陽」。這個人物也進了中國教科書。中國可能是最尊敬窮人的地方，至少打開書本是如此。

富人的形象就難說了，上世紀三〇年代，中國的小說和電影之中，歷數富商巨賈大地主，哪個是正面人物？當年也許出於革命需要，以後呢？也許因為作家都窮，也許大家對富人缺乏了解，也許……大部分富人毫不在乎社會觀感，以致作家缺少「模特兒」。總之，委屈了富人，也局限了作家。

我常懷疑「貧而樂」不如「富而仁」，後者能解決更多的社會問題。我也懷疑「貧」很容易，貧而樂很難，那要先天的性情、後天的修養，還要介乎兩者之間的境界和悟性；「富」很難，「富而仁」就容易多了，一點同情心，一點榮譽感，願意少繳一點所得稅，就可以了！由「貧」到「樂」猶如逆水行舟，由「富」到「仁」坐的是順風車。都說今天的教育只知道教下一代賺錢，影響多麼惡劣，我倒想說，我們也別再鼓勵下一代立志做貧而樂的人，那只能做我們的第二志願。

《弟子規》不讀也罷

某些事情，以前臺灣發生過，後來中國大陸也發生了，有人因此戲稱「臺灣是中國大陸的先進」。

臺灣一度有人檢討流行的教材，指出多處不合時宜。孟母選擇鄰居，搬了三次家，她希望鄰居能有高尚的職業，可以給孩子向前向上的影響，這是職業歧視。一個九歲的孩子，冬天去睡冰冷的被窩，等到把被窩暖熱了，讓給父母，自己再去睡另一個冰冷的被窩，這是虐待兒童。邊疆發生戰爭，政府下令徵召一位花先生入伍，他的女兒花木蘭扮成男子，冒名頂替，這是妨害兵役。武松未經政府許可，擅自入山打死老虎，違反野生動物保護法。

現在消息傳來，湖北學校刪去了《三字經》的「昔孟母，擇鄰處」：山東省教育廳下發通知，嚴禁各級教育行政部門和中小學校向學生「不加選擇地」全文推薦《弟子規》和《三字經》，要求「去其糟粕」。什麼是糟粕？武昌一位教育界人士指出，封建思想嚴重，輕視女性，輕視勞動。還有人說，昔日經典太強調老師的尊嚴，以居高臨下的姿態發布道德指令，違反教育思潮。凡此種種，都比當年臺灣更徹底更認真，堪稱後來居上。

我對這些事情一向甚少接觸，現在讀了新聞，才知道國內中小學裡還在以《三字經》、《弟子規》為教材，深感違反共和國執政黨的革命性格。說到《弟子規》，裡面的「糟粕」更多，「事雖小，勿擅為；物雖小，勿私藏」，不能培養孩子獨立的能力。父母有了過失不肯更改，子女要哭著喊著跟在後面勸告，即使挨了耳光棍子也不退後，更是妨礙孩子人格的發展。「不關己，莫閒管」，打擊公民社會的參與精神。今天「資訊爆炸」、社會多元，年輕人如果「非聖書，屏勿視」，如何適應？

有人說，小時候讀原典，長大了自己會反芻、會過濾、會融和，不知這個主張有何根據？據我所知，上一代若要下一代年輕人開始承接中國文化，你得含飯哺人，你得先把食物做成他能消化的東西，你要給他麵包，不是小麥。

《三字經》、《弟子規》裡的確有很多精華，但是這兩本教材都用文言寫成，每句三個字，押韻。為了遷就形式，尤其是《弟子規》，有些句子很勉強、很晦澀，學習加倍困難，就語文教學而論，也並非良好的示範。精華並不在文字，而是在文字的意義裡，今天學校有很多門課程，到底《三字經》、《弟子規》中有哪些內容是課程中沒有的？如果必須把這些內容傳遞下去，難道白話不能表達嗎？

這個話題很容易跟華僑子弟的中文教材連接，今天在「有海水的地方」，還有人主張子女讀《三字經》和《論語》，加上《大學》。如果說這三部經典裡面有許多內容是英文課本裡沒有的，我可以相信，如果說這些內容都是英文不能翻譯的，我十分懷疑。美文也許不能依賴翻譯，如李商隱、溫庭筠；玄文也許不能依賴翻譯，如《道德經》，現在連《孫子兵法》都有可信的譯本，孩子有何理由一定要讀「學而時習之，不亦悅乎」！師生費了偌大的力氣，一同攻進文言的城堡，孩子進去一看，不過如此嘛！

孩子們生在異邦，認幾個之乎者也，懂一點平上去入，可以增加對祖國的認同，可以聽到自己的血液循環，可以對同文同種的人覺得「本是同根生」，這些都很好，但這些對尚在練習飛行的「華雛」來說，也都是不急之務。真要傳播中國文化，國內應該有人做白話的工作，國外應該有人做英文的工作，萬勿仰仗一本原典了事。

一胎「話」

史小弟來，他正搜集材料寫畢業論文。中華人民共和國控制人口數量，每家只許生一個孩子，媒體稱為「一胎化」，去年九月滿三十週年，他探討一胎化的成因、現況和對社會產生的影響。他認為一胎化造成負面惡果，要怪國人重男輕女的觀念作祟，此一觀念原是小農經濟形成，男孩子是生產必須的勞動力，關係一家生計，當年由於種種原因，女子沒有獨立生活的資格，夫家又把她「貼補娘家」列為大忌，只有養兒才可以防老。

我稱讚史小弟的研究精神，隨即提出補充。窮人家生了男孩以後，種田多個幫手，沒錯，可是地主商人官宦喜歡生兒子也是事實，他們並不種田，生活寬裕，甚至富有，何以也和自耕農的想法相同？想當年唯物史觀居思潮前鋒，他們往往把經濟條件列為社會風氣的唯一原因，想不到數十年後還是這個說法。

據我所知，天下父母心不止如此。家裡沒有男孩子，人家列為「絕戶」，民間信仰認為絕戶是由於缺德所致，嚴重威脅家庭的榮譽，家主為得男不擇手段，包括暗示侍妾與外面的男人私通借種。此其一也。

傳宗接代，有一個兩個兒子夠了，何以又強調多子多福呢？當年社會強欺弱、多凌寡，家裡多幾個男孩子，別人不敢「到你門口撒尿」。孩子們長大了，幾兄弟互相照應，也容易爭取比較公平的對待。「打虎還是親兄弟，上陣還是父子兵」嘛！此其二也。

還有當年醫藥衛生條件太差，嬰兒死亡率高，戰爭頻仍，政府徵兵，軍隊任意抓兵，成年後的折損率也不低，「獨子如無子」，多生幾個兒子才算你真有了兒子。此其三也。

除此三者之外，我們得承認情感也是一個因素，有人特別喜歡男孩，希望家裡多幾個男孩。有一個現象那時特別嚴重，養子一旦知道自己另有血統，立刻與養父母關係惡化，千里尋親、萬重尋親的戲劇上演，你喜歡孩子只有自己生。此其四也。

史小弟喜歡我的補充，可是論文引證需要出處，他看到的學術著作沒人說得這樣多。我告訴他，學術界陳陳相因，積累了許多偏見，別人沒這樣說，你可以首先這樣說。至於論據，許多華人為了抗拒一胎化政策，留在紐約爭取庇護，不妨做一番抽樣調查，這一份調查報告應該有價值。史小弟怦然心動，他說要先和指導教授商量。

一胎化的弊端，海外言之者眾矣，上海青少年研究所所長蘇頌興的說法不同，獨生子女在家庭中受到的限制少、鼓勵多，智力發展比較高，而且父母必定重視獨生子女的教育投資，採精兵主義。還有子女眾多的家庭中，子女的人格是不平等的（指父母偏心），對子女不利，獨生子女沒有這個問題。這位所長的說法顯然為政策辯護，但是也未可因人廢言。

我是贊成節制生育的，與其有五個孩子將來都是貧戶，不如只有一個孩子過得很殷實。貧而多子，兄弟姊妹很難和諧親睦，與其有五個孩子互相嫉妒，甚至仇恨，還是只有一個孩子比較好。

我知道這個說法會引起責難，我不爭辯。搞一胎化，問題出在他的手段，不在目的。領導人治理眾人之事總是那麼急躁，如果你砍了我的頭我就可以成仙成神，你也不能說砍就砍，總得我甘心願意讓你砍，你說對不對？

回應

鏗鏘回音壁：應該把「女兒是賠錢貨」列入。「盜不入五女之家」，因為這個家庭沒東西可偷了！

「南京大屠殺」三段論

「南京大屠殺」，靜聽百家爭鳴，想到這個重大的慘案至今有了三個面目。

第一，抗戰文宣中的大屠殺。文宣的手段是訴諸愛國心和敵愾心，目的在激起報仇雪恨的義憤，情緒掛帥，立場至上。要知道那時日軍在中國戰場上到處任意殺害無辜，人人親眼所見親耳所聞，跟全部人命總數相比，南京一地其小焉者也，經驗主義壓倒證據主義，數字究竟多少並不重要，宣傳效果百分之百成功。

第二，戰爭結束以後，出現了歷史記述中的大屠殺。史家講究史學方法，歷史著述須符合專業標準，它的手段和目的另有不同，以致衍化出「南京大屠殺」和「南京屠殺」兩個觀念。某些日本人以此為藉口，堅持沒有南京大屠殺，請注意那個「大」字，至於「屠殺」，一般日本人的心目中還是存在的。

南京大屠殺究竟有多「大」？答案是三十四萬人。南京屠殺又究竟有多「小」？據說根據現有的資料，大約三萬多人。這九倍的差距怎麼辦？咱們政府戰後沒有認真調查，而今去日苦多，已是一籌莫展。抗戰八年，國民政府連自己的士兵戰死了多少都沒有準確的數字，何況老百姓！更何況敵人占領區的老百姓？

國民政府以南京大屠殺概括戰爭時期敵軍的全面殺戮，又以局部證據概括南京的全部殺戮，多年反覆爭辯造成一種印象，好像日軍只在南京一地殺人，而所殺的人數並不很多，這真是弄巧成拙！怎麼辦呢，有心人想到拍電影，這似乎是一個補救的辦法，電影是藝術，藝術可以「局部代全體」，藝術能使人感同身受、不求甚解，歷史沉睡電影醒，也許死結賴巧手而解。

電影拍出來了，可惜觀眾很少，新聞報導說，有些電影院臨時輟演，因為沒有人買票。如此這般產生第三個問題，電影裡的南京大屠殺該是什麼樣子？電影講求電影語言、電影美學、藝術境界，恐怕還得有迴腸蕩氣的故事、視聽之娛的穿插，僅僅標榜真材實料，那是歷史觀念；反覆宣示「凡是愛國的中國人都應該去看」，那是文宣觀念，電影藝術既有異於文宣也有別於歷史。

一九九九年年底，美國《時代周刊》登出一篇文章，列舉二十世紀的各項特徵，其中一項竟是大屠殺流行！我想到當年有一種思潮，為了推動世界進步，一部分人（精英）有權消滅另一部分人（劣等分子），因此可以理直氣壯殘殺異己，何止一個日本軍閥放手蠻幹！時至今日，受害族群之中好像只有猶太人做出了成功的回應？

我們多少人好像還沉醉在抗戰文宣的效果之中，使酒罵座，向電影觀眾要愛國心，多少人明知債主已銷毀了貸款的憑證，卻主張欠債的人自動歸還，向日本政府要道德；多少人要求下一代爭氣、成器，將來以強制弱，討回公道，向子孫要補償。可有人討論：對這個不加引號的南京大屠殺，我們如何向全人類的後代做有效的轉述？如果我們僅有抗戰文宣的思維、斷簡殘編的史料、血淋淋的紀錄片？

補足歷史記述有待發現新的史料，要等奇蹟。化全民記憶為藝術，創造經典之作，風靡當代，留傳久遠，要靠天才。我不祈求「河出圖，洛出書」，只希望發現《安妮日記》、《揚州十日記》；我不尋找救世主、真龍天子，只希望知道誰是史蒂芬．史匹柏（《辛德勒名單》導演）。歷史不容你不信，電影不由你不看，如此這般大屠殺才會成為鎔鑄國魂的原料，才有向世界控訴的喉舌。

哪些亞裔傳統值得保留？

以我對這個題目的了解，「傳統」是指傳統的價值觀念，「保留」是說在美國仍然可以奉行。我來到美國以後，不斷聽到專家學者的指示，我們傳統的價值觀念和美國文化衝突，它妨礙我們在美國發展，你必須把它完全丟掉，像嬰兒一樣重頭學習。專家的話當然是可信的，可是我總懷疑是不是太強調了。

美國的價值觀念有很大一部分是由《聖經》形成的，中國人的價值觀念有很大一部分是由《論語》形成的。當年歐美的傳教士到中國傳播福音，發現《論語》裡面的話跟《聖經》裡面的話有很多是相通的，他們傳道的時候，常把基督寶訓和孔夫子的教訓掛鉤，爭取中國人認同。由這個例子看，中國傳統的價值觀念和美國傳統的價值觀念有一部分疊合，中國移民來到美國，這一部分價值觀念仍然可以身體力行，甚至發揚光大。兩國傳統的價值觀念互相疊合的這一部分究竟有多大，應該有人做過研究，不過我讀書少，沒有見過。

一個國家的價值觀念，很大一部分保存在民間流行的格言和諺語裡。很多朋友好心好意把美國的格言諺語解釋給我聽，它的含義跟中國人傳統的價值觀念相反。後來我看到一本書，有一位梁淑華先生搜集了一千幾百條英諺，每一條都譯成中文，我打開書一看，似曾相識嘛，再往下看，這些英文諺語絕大多數跟中國傳統的價值觀念吻合，換句話說，中國傳統的價值觀念有很大一部分就是美國的價值觀念，這一部分是我們隨身帶來的傳家之寶，應該保留。當然，單靠這一本小冊子不夠，需要有人做專門的研究。

還有，一個國家的價值觀念，很大一部分保存在他的法律裡。都說美國不講孝道，美國移民法規定，公民的父母移民到美國來沒有名額限制，不必在優先這個優先那裡排隊，可以說是最最優先，這就是把父母看得很重。美國法律不強制你如何如何奉養父母，可是不許你虐待老人，這就保護了全美國的父母，很有「老吾老以及人之老」的意思。

還有美國的憲法，人人知道，中華民國的憲法在很大的程度上以美國憲法為藍本。想當年孫中山先生領導革命，他對日本的新聞記者說，中國文化自堯舜禹湯文武周公孔子孟子形成一個道統，這個道統就是他革命的中心思想，也就是他的價值觀念。他推翻了皇帝，建立民主共和，憲法是革命最後的成果，一部根據中華道統產生的憲法。為什麼比照美國憲法來寫成呢？應該是因為美國憲法裡有中國的價值觀念，中國的價值觀念可以藉著美國憲法的形式來體現，換句話說，有時候在某種情況下，我們中國移民可以藉著中國的價值觀念來發揚美國的精神。

我總覺得亞裔的傳統價值有很多可以保留下來，中國人來到美國，不必那麼自卑，不必那麼惶恐，中國美國一時也許還不能水乳交融，也絕不是水火不容。在這方面也需要做很專門的研究，提出令人信服的結論。

還有一段話我忍不住要說。今天我們亞裔移民面臨道德上的危機，人遠遠離開家鄉，道德觀念薄弱，容易放縱自己，何況又聽說原來處世做人的信條要作廢了，乾脆處處反其道而行。短線操作，他個人占了一些小便宜，可是影響很大，拖累全部亞裔移民，他自己也逃不出去。從「老美」的角度看，新移民的品行比較敗壞，某一國某一省來的人特別敗壞，一般美國人從協助新移民、庇護非法移民，演變到反對移民，並不僅僅因為新移民和非法移民吃苦耐勞奪走職業而已。當然，在這方面需要做很多的研究，我在這裡說的話只是提醒。

不開卷，也有益

「開卷有益」，這句話是宋太祖說的；「不開卷也有益」，這話是誰說的？

如果你常逛書店，如果你一有機會就到圖書館走走，你也能說出這句話來。舉個近例：現在聯經出版公司辦理規模宏大的書展，進去一看，這真的是座書城，這是用書營造的特殊環境，它薰陶我們、變化我們的氣質。森林和大瀑布怎樣影響我們，書城和書世界也照樣影響我們，你我即使一本書也沒翻開，書香和書卷氣就自然上身了。

逛百貨公司已進入很多人的生活方式，想想看，你我何嘗立意要買東西？你走進去、走出來，何嘗每次都買了東西？為什麼要去逛呢，因為「不買也有益」。看見新產品，用不上，欣賞一番也好。看見對你更順手的工具，記在心裡，等大減價的日子再來。看見朋友迫切需要的東西，回家打電話告訴他，給友誼加分。也許有一樣東西，你從來沒感覺需要，因為你不知道有它，忽然看見了，才知道少了它不行！還是廠家想得周到，幸福感洋洋而生，做個現代人真好……等等，逛書店、看書展也是相同。

來到書店，你我可以看見出版界的變遷走向，體會大勢所趨。書店是河，圖書館是湖，河水的流變很清楚。書店是軍營，書展是大檢閱，若是那些書都直放在書架上，書脊向人，更彷彿一行一行的分列式，作家的特色和實力歷歷在目，後浪前浪，浮浮沉沉。你我看見新作家銳氣凌人、破土而出，一驚；看見老作家恐懼滅頂、奮力掙扎，一驚；看見有人一個急轉彎，否定昨日之我，搶搭暢銷列車，又一驚；這些驚中帶喜。有時候，看見狡獪的人如何操作大眾趣味，或者大眾趣味如何愚弄老實的人，也是一驚，驚中無喜。這地方訓練觀察力、啟發思考，然後人非草木，可以觸類旁通，設想百步之外看自己的生活行業、社會定位。

今天出版書刊，美術設計的地位重要，它的比重可能超過文字編輯。一本書的裝幀、字體、畫圖、色彩、開本，都從天才、靈感加上兩杯濃濃的咖啡得來。這一行吸引了很多優秀的畫家，他們有些人把自己設計的封面視同重要的創作，拿來開展覽會、出版畫冊。看書展，即使書直立在書架上，你我也可以管中窺豹，如果書平放在檯面上，那就一覽眾山了。人非草木，對萬物有通感，這時看書展也像看畫展，神遊語文之外矣，渾然萬紫千紅矣，忘其路之長短矣。

書展難逢，書店易尋。書展一時，圖書館永久。夫如是，人生何處不相逢，何不在書店圖書館中？人之一生要費多少光陰等待別人，有人站在人行道旁邊等朋友，可曾想到塵土？扒手？有人進茶座等朋友，志不在茶，消費額太低，侍者慢吞吞，杯盤響噹噹，心急喝不得，朋友來到了，起身就走，浪費錢也浪費資源。有人逛百貨公司等朋友，那地方到底刺激物慾，錢到用時方恨少，敗壞了和朋友清談的興致。年輕人約女朋友，她滿口稱讚的物品咱捨不得買，後事如何？約在書店裡碰面，她愛書，書很便宜，她不愛書，更給您省了！

近書，總會愛上書本的吧？總要開卷，才會得到實實在在的利益。你看那些書，多少人的聰明才智、山河歲月；多少人的胼手胝足、勞碌奔波；多少人的善心美意、委婉曲折！每本書都在等著向我們奉獻一點什麼，書使我們自尊，每位作者都有一些勝過我們的地方；書使我們謙卑，讀書，書在你我腳底下，一寸一尺把你我墊高，不讀書，書就壓在你我頭上了。

善人門前是非多

「愛，直到成傷。」德蕾莎修女的名言。愛怎麼會成傷，我很疑惑。有一天這句話中間的「直到」兩個字引我注意。愛，起初不會成傷，如果一直愛下去、愛下去……愛得淺不會成傷，如果愛得很深、很深……痴心父母古來多，父母受傷，地老天荒不了情，男女雙方都受傷。耶穌愛世人，世人把他釘死在十字架上，如果你不接受神蹟，請你接受寓言。

前賢勸人行善，但是也暗示善行適可而止，不要越過中線。「升米養恩，斗米養仇」，斗米使他盼望一石，使他認為他應該得到一石，這時你給他一斗，就是欠他九斗了。先賢教我們「施人慎勿念」，如果你不能忘記有惠於人，就會期望回報，然後是失望、是憤怒、是後悔。先賢「為善不欲人知」，如果你誇耀，求助的人會像雨後春筍冒出來，你窮於應付，你在關閉善門的時候擠痛了很多人的手指，種下多少惡因。前賢的用心是保護你不會受傷。

宗教家並不在乎。信仰的實踐永不休止，愛也永不休止，「有了愛，還要加上愛，還要加上愛……」，直到受傷。這也許是宗教家跟「好人」的一大區別，一般信徒只是好人，好人仍然是人，需要保護，宗教家無我，世俗紛擾沒法傷害他，他不需要保護。但是好人要修成宗教家，通常都要經過受傷，受了傷還是不退縮、不停止。這番話容易說，要想人家聽得懂卻很難。

陳光標先生行善，把幾千萬現鈔堆在桌子上當眾發放，受施者鞠躬如也，恭敬接受，有人當場下跪，叩頭感謝，相機、麥克風四面環繞，第二天傳遍四海。陳先生說，做了善事沒人知道，他心裡很鬱悶，這話天真可愛。但四十多歲的人天真爛漫，並不能免於公評，他的境界還在「助人為快樂之本」的層次。他是慈善家，並非宗教家，他大概不會受傷，但是可能傷害受施的人，他的高姿態使善行成為一種壓力，媒體誇而大之，稱他為「善霸」。

你看這就是境界問題，關於境界，不能用辯論說服，我們姑且自言自語。高調行善最壞的副作用，前賢也許說過、也許沒說；它使行善的人在公眾之前成為取悅自己的演員，喪失慈善家的尊嚴，使受施者感到屈辱，認為自己業已付出代價，無須感恩；一部分人對善行滋生敵意，找機會反對。高調行善使某些人覺得默默行善沒有意義、使某些人覺得以自己微弱的力量行些小善沒有意義，善行對社會大眾失去潛移默化的力量，小人物認為與自己無干。

請恕直言，社會上大力行善的人到底是少數，百倍千倍於此的人，或者沒有能力行善，或者有能力而不肯行善，這些人並不惡，姑且稱為「非善人」。這些人為了使自己的「非善」心安理得，就時時對別人的善行做出負面解釋，我們常常聽見有人議論，資本家捐出巨款支持慈善事業，乃是為了少繳所得稅。他們使人得一印象，省稅是捐款唯一的動機，公益立即化為私利，不肯捐款的人反而顯得高尚許多。

人要看透了才放手行善，「非善人」表示他們連善人也看透了，他們「傲視」善行，非不為也，是不屑也。行善的人不僅要保護自己，更要緊的是保護字典裡的那個「善」字和「愛」字。有人說高調行善有何不可，總比守財奴強多了，誠然。可是，如果慈善家僅僅比守財奴好一些，等於說天空僅僅比我們的屋頂高一些、太陽僅僅比我們的燭光亮一些，這個世界也太乏味了。

領導者是天生的嗎？

小國的大政治家李光耀是當代智者，他說過的話這一句那一句都成了世界名言。天地間怎麼會有這樣的人，人跟人怎麼會相差這麼遠。

他最近有一段公開談話，引導我們深入這個話題。他表示，領導者特質是天生的，他不相信可透過教導產生。他認為，你可以教導一個人成為一名管理者，但不是成為領導者。他不相信美國書中所說，領導者是可以教出來的。他又說，人在娘胎時，有七成就已經注定。

「天生」之說，中國人很熟悉，自古以來，中國人就說君王是天子，將相都是星宿下凡，奇才異能是天縱，高言妙句是天成。從前，中國正統教育並不是培養領導能力，而是培養你服從領導，即所謂忠臣孝子。拿軍隊做比喻，誰能用兵如神你不用操心，你可以盡力的是如何使他有兵可用。相形之下，美國人著書主張「領導者可以被教出來」，承認你也有可能，也給你機會，這樣的心態似乎「民主」得多了。

當然，可以理解，選擇學校的人總會想到自己的志趣發展，學校招生也總會審視學生性向才能，雙方都會考慮自己的投資和報酬，一個旨在培養領導人才的學校，總會招到一些有領導人特質的青年。這時候教育就有用了，它的功用大概會超過十分之三。

李光耀在「領導者」之外另設「管理者」一詞，認為教育只能培養管理者。以我體會，一個組織之內，有人「自己做事」，有人「教人做事」，領導者和管理者都是教人做事的人，領導者是大領袖，管理者是小領袖，大領袖無法靠訓練產生，小領袖應該可以。領導者和管理者兩個名詞無須對立起來。

下面還可以有一個名詞叫「服從者」。中國人用生理做比喻，說是「身之使臂，臂之使指」，國家要大量生產「臂」和「指」。西洋人用機器做比喻，說是齒輪和螺絲釘，社會需要製造足夠的小齒輪、螺絲釘。比喻的功能有其限度，養馬馴馬的人何以成為大將，如衛青；建築工人何以成為名相，如傅說，其間過程有待進一步解說。

李光耀也說遺傳之外還有三成靠後天，他可能把遺傳的決定力估計得高了一些。「玉不琢，不成器」，假定兩人天賦相等，一個有機會受教育，一個沒有，兩人的結果總有差異。如果這兩個人所受的教育相同，他們各人有各人的機緣，也就是「遇」與「不遇」，這時遺傳的作用就很小了。

古人也說過「自古英雄無大志」，大志是隨著因緣機遇觸發成長的，這一過程可稱為廣義的教育。漢光武劉秀的夢想本來是「娶妻當如陰麗華，為官當如執金吾」，執金吾，京城的治安首長而已。曹操的偶像，最初不過是典軍校尉，為國家討賊立功而已。等到曹操想做周文王，他已讀過多麼複雜的一套教科書。李光耀說領袖的「特質」不能靠訓練，請特別注意「特質」。除了特質，還有技術層面，那些也不能單靠遺傳。

即使李光耀完全說對了，咱們還是要敲鑼打鼓為教育造勢，堅持「教育、環境、遺傳」這個三角形。教育是現在的依靠、將來的希望。一切有助於教育發展的，像學校、教師、家長會、教育基金會，咱們別忘了讚美支持；一切妨礙教育發展的，如裁減教師、削減圖書館經費、校內賣垃圾食物、校外出售色情光碟，咱們怎麼也得抽出時間、鼓起勇氣表示反對。

這是蘭德公司說的嗎？

蘭德公司（RAND）是美國著名的智庫，網上流傳一份文件，據說出自該公司的研究報告。這份文件對中國人充滿偏見，但中國讀者（我想主要的是華裔移民）在網上競相推薦，共鳴之聲盈耳。蘭德公司太有名了，這些讀者可能有「服從權威」的惰性，或者他們離開中國太早太久，對中國文化的認識已經模糊不清。我想提醒一句，我下面引述的那些話，可能與蘭德並無關係，不管風從哪裡來，他說得不周延、不正確，我們身為華裔，也要拒絕隨聲附和，勇於辨正。

文件說：「普通中國人通常只關心他們的家庭和親屬，中國的文化是建立在家族血緣關係上，而不是建立在一個理性的社會基礎之上。中國人只在乎他們直系親屬的福祉，對與自己毫不相關的人所遭受的苦難則視而不見。」

他評說的不是中國文化。據我所知，中國文化講的是「修身、齊家、治國、平天下」，以家庭為基礎而非以家族為終端。「惻隱之心，人皆有之」，源於兩千多年前的孟子，成為金科玉律。「禹思天下有溺者，猶己溺之也；稷思天下有飢者，猶己飢之也。」那是中國人普遍尊崇的典範。中國人也知道每個人的稟賦高下有別，有人只能修身不能齊家，有人能夠齊家不能治國，「六億神州盡舜堯」乃是苛政暴政，中國文化讓每一個「位階」上的人都能心安理得。

文件說：「中國人不了解他們做為社會個體應該對國家和社會所承擔的責任和義務。……中國人的價值觀建立在私慾之中。……中國人的生活思想還停留在專注於動物本能對性和食物那點貪婪可憐的欲望上。」

他不可以這樣概括評說中國人，他至少應該了解中國在春秋戰國時代出現了一些什麼樣的人物，他至少應該聽說中國到了明代末年還有一名言，「天下興亡，匹夫有責。」古代的中國人「不識不知，順帝之則」，他們「納了糧不怕皇帝」，國家對他們的要求很少。等到國家發出號召，八年抗戰血肉長城，四年內戰大義滅親，「三面紅旗」，「土法鍊鋼」，他們只知有黨不知有己、只見任務不見苦樂，西方早已用「鐵板一塊」形容那個時代的中國人，墨跡方乾，居然又說出這樣一番話來！

文件說：「中國移民太容易忘記他們做為社會個體應該對美國所承擔的責任和義務。……中國移民的價值觀建立在一時的物質成就之中。……中國移民的生活思想還沒離開『搬個好地區找個好鄰居』的最初動機。」

這話有些著落，但是應該把各句中的「中國移民」都改成「美國人」。每個中國移民僅僅是落進湖海中的一滴水，坦白地說，中國移民一步踏上美國土地的時候，都比「美國人」更關心美國，他們總覺得美國社會太散漫，難以凝聚國力；總認為美國人太現實，不能為抽象的目標獻身，他願意提醒美國人居安思危，可是不知道向誰訴說。等到孩子從學校裡回來，他發現美國教育太強調個人，期期以為不可，然而他又能如何？難道你指望他做唐吉軻德？

中國文化博大浩瀚，中國人形態萬端，以致「中國文化」和「中國人」這兩個名詞極難遣用。文件中口口聲聲「中國人」，敢問執筆者見過幾個中國人？這幾個中國人的言語造作，又有多大成分是源於「中國文化」、多大成分得自異文化感染？「中國移民太容易忘記他們做為社會個體應該對美國所承擔的責任和義務。」究竟是中國文化使然，還是美國的種族成見誘發？

這份文件與蘭德公司應無關係，華人移民請勿隨口附和，我們當然有些缺點需要檢討改進，不過帳單送過來我們得看清楚再簽字。

文學的滄桑

華文作家協會發出通知，邀大家聽朱大可教授演講，通知裡引了朱教授一句話，朱教授說，他跟文學離婚，無可挽回。這句話斬釘截鐵、石破天驚。有些離過婚的人做了婚姻問題的顧問，朱教授來講「中國文學的困境與出路」，咱們期待他是挽救婚姻的專家。現在作家和文學結成的美滿婚姻好像不多，有人離婚，有人分居，有人貌合神離，現在新移民有「搭伙婚姻」，作家跟文學也有「搭伙婚姻」，為了吃飯，彼此湊合。

那天滿座都是文學人口，都來聽這位離過婚的專家教人家怎樣解救婚姻的危機，看看咱們跟文學如何可以珠聯璧合、花好月圓。他可真是苦口婆心、真是深入淺出，他可真是十年書化作一席話，名下無虛。人散曲未終，此後一連多日，成了文友茶餘酒後的首要話題。

在我看來，熱愛文學的人還是很多，但是文學有了外遇。多年以前，權勢把她霸占了，一開始她有點不甘心，久而久之，她愛上有權的人了。後來權勢老了，管不住她了，她又去愛有錢的人，商業引誘她，把她教壞了，一開始她有點不好意思，後來一想，「只要我喜歡，有什麼不可以！」

依我看，朱教授「離婚」並未成功，至少是緣斷情未了，他還是那樣體貼叮嚀、語重心長。我說我不跟文學離婚，我跟文學是結髮夫妻、是亂世夫妻，亂世夫妻不能以常情常理看待。我舉兩個例子。

國共內戰後期，解放軍進展很快，國民政府這邊有個人自己單獨跑到臺灣，太太留在大陸，她只好照本子辦事，跟丈夫畫清界限，嫁給工農兵階級。三十五年以後，海峽兩岸恢復交通，這個人在臺灣一直沒結婚，他從臺灣回大陸去找太太，這時候，太太的第二個丈夫已經死了，他就再跟原來的太太復合。

還有一個例子。國軍一個空軍飛行員，由臺灣開飛機去偵察中國大陸，解放軍的飛彈把他的飛機打下來，把他捉住了。臺灣軍方告訴他太太說他陣亡了！這位太太再嫁，嫁給另一個飛行員，這前後兩位飛行員是同學。後來兩岸關係緩和，中共把俘虜放回來了，太太希望再回到原來的丈夫身邊，丈夫也希望破鏡重圓，那個男配角、另一個飛行員把妻子還給他的老同學。

這是亂世夫妻的新倫理，雙方當事人都坦坦蕩蕩，親戚朋友也都接受他們的決定，並且傳為美談。在這兩個故事裡面，丈夫妻子都不僅是婚姻的男方女方，他們都成了某種宗教的信徒。文學之於我也是一種宗教，對我來說，文學本身就是出路。如果文學是井，我坐在裡頭觀天；文學如果是繭，我坐在裡頭化蛾；文學如果是夕陽，我就是晚霞；文學如果行到水窮處，我就坐看雲起時。

信運氣，不靠運氣

稍早的消息：英國有一對夫婦，長年購買樂透獎券，他們選了一組號碼，每期必買，永不更換，據說這種辦法叫「包養」。六年之中，這一組號碼兩度中了大獎，一次八百五十萬英磅，一次四百八十七萬英磅。評論者說，同一組號碼兩次中獎，只有一九六兆分之一的機會，比「被隕石擊中」還難，有個叫「波黑普里耶多爾」的地方，有人在三年之內五次被隕石擊中，以致他出門戴著鋼盔。

「獎券和賭博不同」，但是你如果見過輪盤賭，就會聯想到買獎券很像賭輪盤，這是幾百萬人同時下注的超級豪賭，只是賭客坐在自己家裡互不謀面，不會因相互感染而情緒衝動失去控制，所以進賭城贏來的錢也叫獎金。

最近的消息：兩星期內，接連有三位賭客，從大西洋賭城的「吃角子老虎機」拉下大獎。一名來自新澤西州的男子，抱走四百九十六萬九千八百一十九元獎金。一名來自紐約的賭客，得到七十萬一百六十一元獎金。另外一名來自紐約史泰登島的男子，也投下賭注，順手一拉，贏得獎金三百四十九萬一千一百四十六元。「獎金」美化了漂白了賭金。

以上這一類消息，賭場或獎券局樂意對外公布，以廣招徠，使人恍然以為中獎贏錢是很容易的事情。有人中了獎立刻遍告親友，讓大家分享喜悅，如果得主合作，也有人為他舉行者記者招待會，讓他把自己的幸運昭告四方，享受衣錦榮歸的滿足。咱們到底是少數，還沒聽說哪位中國人中過這樣的大獎，如果中獎的是中國人，他大概不敢公開炫耀，他怕有人強借、強捐，甚至綁票。多年前有一個大獎的得主，委託律師警告獎券局，對他個人的一切資料絕對保密，否則他會有生命危險。這位得主是個中國人嗎？

美國有一個叫拉斯汀的人，先後中過七次大獎，因此成為名人，他乘勢進取寫了一本暢銷書《如何提高中獎機會》。我想起曾國藩說過「不信書，信運氣，公之言，告萬世」。有一條消息：在紐約州政府住宅和社區更新部門任職的一位公務員，到辦公室附近的商店買獎券，有一個人插隊搶在他前面買了一張，不料他「因此」中了三．一九億的大獎，那個插隊搶先的人好像是專門來成全他中獎的。除了運氣，還能怎樣解釋？我在一家出售獎券的商店門口看張貼的廣告，「不買不知財運到，不試不知時運高」，促銷的效果會超過那本書。

曾國藩的十二字真言很精闢，不圓滿，我想加上「信運氣，不靠運氣」。奔跑的兔子撞樹昏迷，我相信發生過這樣的事，但是你不可整天守株待兔。離開努力，運氣沒有意義；一如離開了「買」和「試」，財運時運沒有意義。買一張獎券，做幾分鐘白日夢，在生活中加一點調味料，也是很好的餘興，如果超過這個限度，問題就複雜了。不信偶然，人生太無趣；不信必然，人生太危險。運氣是「偶然大過必然」，人生在世，他的生活態度最好是追求「必然大過偶然」，否則，誰的運氣也好不了。

至於賭博，我堅決反對，因為這個遊戲很危險，前面說過，賭客集中在同一空間，每一注的勝負在幾分鐘之內揭曉，情緒步步升高，終於像中了邪，沉醉昏迷。借用戒賭組織的標語——賭博不只使人輸掉金錢，還可能輸掉健康、品德、家庭、生命！事關隱私，誰也不能具體舉證。不得已我才搬出那條「定理」：拋掉「偶然超過必然」，進入「必然大過偶然」。人生在世，怎麼可以用這樣大的代價去換那個無影無蹤的偶然？這時，你我還是不信運氣，那就信書吧，書裡講的是必然！

方孝孺與隆美爾

方孝孺是明朝的大臣，隆美爾是納粹德國的名將，這兩個人怎麼能合在一起做文章？實不相瞞，最近因教學需要，仔細溫讀了方孝孺的〈深慮論〉，忽然靈感一現，兩個互不相干的人物竟然產生了組合。

〈深慮論〉的大意是說，自周秦以來，每一朝代都為如何確保帝位費盡心機，他們都在「人事」的層面上周密設計，可是他們的考慮都很膚淺，徒然「拆東牆、補西牆」，還是給亡國之禍留下很大的空隙。方孝孺引證廣博，很有說服力。

方孝孺提出的「深慮」，就是人事和天理結合，至於怎樣結合，他沒有多說，這篇小文章要說的是，方先生雖然文章做得好，他卻是一個未能深慮遠謀的人。

明朝由朱元璋建立政權，是為太祖；死後傳位給皇孫允炆，是為惠帝；惠帝削減藩王的權力，燕王舉兵造反，占領南京，奪取政權，是為成祖，史稱「靖難之變」。成祖即位，逼方孝孺寫詔書昭告天下，方孝孺堅決拒絕，君臣之間有一段震古爍今的對話，成祖問：「你不怕滅九族嗎？」方孝孺回答：「即使滅十族又奈我何？」「好，那就滅你十族，高曾祖，父而身，身而子，子而孫，自子孫，至元曾……」再加上門人弟子湊數，一共殺了八百多人，流放了「數千人」。成祖死後，仁宗赦免方家殘餘倖存的後代，對流放的人也重新安置，這時候「數千人」只剩下一千多人了！

成祖殘暴不仁，當然是千古定論，現在要談的是方孝孺的「遠慮」。削藩政策的得失，討伐燕王戰事的勝負，來不及討論了，且說燕王攻破南京之時，方孝孺如有遠慮，他應該料到燕王一定逼他做什麼；如果他拒絕，他也應該早已料到燕王必然做什麼。他這時最好自殺，即使「一門忠烈」，使妻子兒女免受暴君的羞辱，亦無不可。為何還要等到「篡賊」召見，再有那一場精采的表演？為何要等燕王殺他，而且株連那麼多愛他、追隨他、完全無辜的人？

這時候，我想到第二次世界大戰時期希特勒怎樣統治德國，德國的一部分將領為了挽救國運，密謀除掉希特勒，可是他們失敗了！名將隆美爾牽連在內。希特勒展開清洗屠殺，他給隆美爾兩個選項：軍法審判或服毒自殺。如果審判定罪，他的家人、同事、部下，大半都有悲慘的結局；如果自殺，官方的消息是「腦溢血身亡」，其他一切後果都不會發生。

隆美爾何等了得！他立刻選擇了自殺。他畢生統軍作戰，官至陸軍元帥，多少將校隨他出生入死，「他的手指到哪裡，我們打到哪裡。」這些人是他忠誠的伙伴、勳業的基石、德意志民族的精英，他一定得顧惜、保全這些人。軍事法庭上的侃侃而談、慨慨悲壯，可以給後世留下更崇高的英雄形象，他放棄了！這才是成「仁」，這才是取「義」，這才是深謀遠慮！

雖然方孝孺和隆美爾考場不同、試卷有異，但兩人的「挑戰與回應」可以相提並論。面對挑戰，隆美爾的回應，可議之處較少；方孝孺的回應，可議之處較多。論事者只說「不該有那樣的明成祖、希特勒」，也要討論面對明成祖、希特勒時你該怎麼辦。由此延伸，我甚至想到孫立人。孫將軍激烈反對政工制度，他也許是對的，但是「多算勝，少算不勝，況無算乎？」。

他也未設想自己的忠誠度和部下的生死禍福有因果關係，他本人幽囚至死，誠然可痛可惜，他的嫡系部屬因此遭受無情的整肅，又豈是只罵罵蔣介石就可以結案？

輯三

雪夜寫專欄，血液不結冰

處理藏書的滋味

我搬過二十二次家，可以說是流離失所，書是隨手買、隨手丟，買的時候很傷感，丟的時候也傷感，所以我的藏書很少。這些年為了寫回憶錄，不斷買書，人在外國，買中文書很費周折，轉彎抹角的託人幫忙，千里迢迢、萬里迢迢的寄來。買書才知道自己的房子小，回憶錄一本一本寫好，買來的書一批一批清理出來，難割難捨，大割大捨。張大千先生收藏很多古人的畫，有時候急著用錢，拿出一張兩張賣給人家，他特別刻了一方圖章「別時容易」，蓋在賣掉的畫上，其實分手的時候也不容易。

我這些書並沒有珍本善本，但是都有參考價值，對於不需要它的人來說沒什麼意義，對於需要它的人來說卻是寶貝。我讀這些書的時候，有時感動，有時驚愕，有時憤慨，有時沉吟不語，有時恍然大悟。我彷彿覺得每一頁都是一部「照相機」，它會記下我豐富的表情。我的生命在裡面！

我已經養成了習慣，一本書我要離開它了，我會最後拿來翻一翻，讀它一段，然後闔上、離手。這一次我打開東方白的自傳，又看見他記述的一個小掌故：抗戰勝利了，臺灣回歸中國了，住在海外的臺灣人想回臺灣看看，他們不能再用日本護照，他們向當地的中國領事館申請護照，中國領事館不敢發護照給他們，因為外交部沒有指示。我打開張良澤的自傳，第一章寫他的童年，他寫得非常生動可愛，有一天選家會把這一章挑出來編進文選，普遍流傳。小說家子于在建國中學教書，他退休以後寫了一本書，書名是「建中養我三十年」。退休的人往往抱怨自己的青春賤賣了，子于的角度不同，我對著這個名字看了又看。

我把書送到臺北文化經濟紐約辦事處，我的心情不像捐書、不像贈書，像是「嫁書」，替女兒找婆家。中國人有一句話，「兒娶女嫁以了向平之願」，向平是漢朝人，他在兒娶女嫁以後就入山修道去了，咱們比那位向平先生多一樁心事，兒娶女嫁之外，還得給藏書有個安置，然後才可以安心去見堯舜禹湯基督釋迦。蔣夫人宋美齡在紐約長島住的房子賣掉的時候，多少中文寫成的東西當作垃圾堆在地下室裡，叫人又是感慨、又是警惕。今天文經處肯收留這些書，這是我的大幸，也是這些書的大幸，等我最後一本回憶錄寫完，我還有一批書要送來。文經處的大樓在曼哈頓的鑽石地帶，可以說是金屋藏書，出出進進談笑有鴻儒、往來無白丁，書在這裡會遇見他希望遇見的人。

餘波

絲雨：稱捐出藏書為「嫁書」很有創意，預料會流行，當然也不會有你的名字，希望你不要氣死。

商天佑：區區一詞而已，何足罣礙？照你這樣說，釋迦基督馬克思豈不是氣得再死一次？

魯碌碌：希望有「舊書殯儀館」，可以由造紙廠設立，向處理藏書的人收費，辦理舊書回收，書銷毀前辦理某種儀式。

老牧：如果有這樣一個殯儀館，必須聘一專家做顧問，舊書火化前由他一一檢視，其中可能有珍本。

魯碌碌：有少數圖書擺一、兩個書架，你可以把你不要的書放在上面，誰愛拿哪一本就拿哪一本，圖書館不過問。我覺得這個辦法不錯，可以推廣，讓一些「英年早退」的書在進殯儀館之前還有機會盡才盡用。

絲雨：這是什麼年頭？「書」的淪落一直於此！令我哽咽。

魯碌碌：沒什麼，別那麼容易是古非今。古代的藏書有「水火兵蟲」自然處理，你不覺得是個問題，現代的書很安全，加上印刷術發達，所以……。這跟人口問題差不多。

病中只讀自家詩

袁子才說「病中只讀自家詩」，頗見性情，亦可人意，可是未能成為名句。

依我的體驗，人在病中意志薄弱，你想安慰他很難，「自家詩」可以使病中人覺得如同小時候感冒了，母親溫軟的手掌覆在前額上，滿足，安全，陶陶然自我欣賞，病榻上的時間過得飛快。新聞報導說，有個機構發表研究結果，人在數錢的時候可以減輕痛苦。病中讀自家詩的效果大概和數錢近似，除了讀詩，小品文也可以，如果讀長篇小說，那就另是一番滋味，那不是數錢，而是算帳，病中不宜。

最近常常感冒，也就常常想起袁子才這句詩，也就常常翻出多年前寫的一些短文來讀。我在一九五六年引用美國小說家賽珍珠的說法，她指出看書的人越來越少，現在有很多玩意兒侵奪人們的時間和金錢，而且一般家庭中已沒有地方放書，原來可以放書的地方，現在要放汽車、音響、電視，以及「像棺材一樣的冰箱」。由最後一句話，你可以體會這位老太太的焦慮。

我已忘記在四十多年以前就有這樣的現象和論調出現，四十多年以來，有過一波又一波的淘汰論，廣播將淘汰報紙，報紙將淘汰圖書，電影將淘汰小說，電視將淘汰廣播……結果網絡將淘汰一切。無常的年代，好像每天睜眼一看都是夕陽西下，四十多年過去了，一切安然俱在，但危機感仍在增長，我簡直不知道每天在做什麼。

我在四十多年以前寫的那篇短文，並未收入任何文集，我當年從報紙上剪下來夾在一本書中，倖存至今。文中引《道山情話》一則故事：有個讀書人，窮得沒飯吃，拿了家中僅有的一件古董入城求售，換錢買米。途中在一棵大樹下休息，遇見另一個讀書人，那人也窮得沒米下鍋，進城去賣家中僅有的一套善本書。兩人在樹下談得很投機，兩個人都非常喜歡對方的東西，彼此一商量，交換過來。那個本來想賣古董的人歡歡喜喜拿著善本書回家，他的太太看了，大吼一聲，「他的這件東西你拿來能當飯吃嗎？」此人始而愕然、繼而恍然，「我的那件東西他拿去也不能當飯吃啊！」言下之意，他這一筆交易並未吃虧。

聯想到英國的一位散文家一度十分窮苦，他去買麵包充飢，「不幸」看見德國詩人海涅的一本詩集，很想買下來，可是他的錢只夠買其中之一，他想了又想，結果是拿著詩集空著肚子回家。當年無論中外還真有愛書成癖成痴的人，今天還有那樣的人嗎？有人也許要反問一句：今天還有值得你在麵包和閱讀之間掙扎的書嗎？如果當下好書太少，甚或沒有，或者好書埋葬在字紙堆底下不見天日，買書讀書就成了眼界較低的人，也就無怪有人登臺宣稱他已十年沒摸過書本，引以為傲，而臺下報之以熱烈的掌聲了。

現在常常有人出來獎勵讀書，怎麼讀書還要獎勵？想當年我們見了書如飢似渴，想望作者如慕父母少艾，現在書要靠摸彩摸到飛機票，或者要校長上臺扮成天鵝才有人讀，聽來未免有些悽慘。這些作者一旦生病，看自己的書只有自思自嘆，加重病情，「病中只讀自家詩」也得有那個資格！袁子才一方詩宗，粉絲不計其數，自家詩才可以入藥，當安慰劑、鎮靜劑使用。這句詩代表性不高，它未能成為名句，也就無怪其然了。

回響

魯碌碌：「病中只讀自家詩」，文章是自己的好也。

鏗鏘回音壁：文章是自己的好，自我感覺良好也。

老牧：文章，尤其是詩，意匠經營慘淡中，讀自家詩，品味那一份意匠經營，自然覺得難能可貴。讀人家的詩，人家那一份意匠經營也許沒有表現出來，我們不知道，也許他表現了，我們沒感應，讀來當然缺乏一份祕密的甜蜜。此人情之常也。

魯碌碌：賈島詩「二句三年得，一吟淚雙流」。這是兩句什麼樣的詩？據說是「獨行潭底影，數息樹邊身」，我實在看不出來這兩句詩有什麼值得他費三年工夫、流兩行眼淚的地方，恐怕也只有他病中自讀了！

老牧：「郊寒島瘦」，這兩句詩倒是如見其瘦。

從飲食到文學

這些年看到很多新名詞，例如飲食文化、飲食書寫、飲食文學。飲食本來就是文化的一個項目，為什麼要單獨提出來專門設一個名詞呢？因為飲食豐富了、精緻了、提高了，而且普及了，成了文化的一個新現象，有現象就有紀錄，就是飲食書寫，有書寫就有高一級的表達，就是飲食文學。

臺灣的飲食文學，早期要推梁實秋、夏元瑜、唐魯孫，那時還沒有「飲食文學」一詞。後來有林文月、張曼娟、韓良露、蔡珠兒，二〇〇五年臺灣出現飲食文學雜誌，近年來又有鄭麗園。作家找到新題材，開拓新領域。

鄭麗園女士寫飲食文學有她的優勢。她是大使夫人，大使是做什麼的？大使是辦外交的，夫人協助大使辦外交，外交官的工作，文言文叫「折衝樽俎」，樽是喝酒，俎是吃菜，辦外交離不開飲食，外交官，尤其是他的夫人，一定要懂得飲食，懂本國的飲食，懂各國的飲食，懂精緻的飲食。「飲食」是正業，「文學」是副產品。

飲食文學的作家願意和大家分享飲食經驗。一個好心的作家，他替讀者活著，他替大眾活著，我們前生也許是個美食家，我們忘了，我們來世也許是美食家，時間還沒有到，好心的作家現在就讓我們做美食家，就讓我們做企業家、做野心家、做慈善家、做政治家，我們只要讀書，不需要輪迴。

中國人說民以食為天，飲食太重要了。端午節不靠屈原靠粽子，中秋節不靠嫦娥靠月餅，七月七不靠牛郎織女靠情人大餐，感恩節不靠《聖經》靠火雞。中國有個寒食節很有意義，可是誰過寒食節？沒有什麼好吃的嘛！人民大眾就像小孩子，要想受歡迎，你得帶著冰糖葫蘆

先賢又說，你與其送他一條魚，不如告訴他怎樣釣魚。也許我們可以補充，他有了魚以後，你還得告訴他烹調的方法，他有了方法以後，你還得告訴他更好的方法。如果他學不會，你就做給他吃。

人生在世只要能做一樣好吃的東西就可以不朽。麻婆豆腐，成都一位麻臉的女老板發明的；宋嫂魚羹，黃河邊上小吃店裡一位宋太太發明的，兩個

人都不朽了。丁宮保不朽，恐怕要靠宮保雞丁。臺灣去中國化，反對讀《赤壁賦》，照樣吃東坡肉；反對寫毛筆字，照樣吃伊府麵。國民黨治理臺灣，所有的功過都會成為過去，只有一樣，各省的好廚子都在臺灣集中了，大大提升了臺灣的烹飪技術；各省的好菜都集中了，大大滿足了臺灣人的口福。子子孫孫、世世代代永遠享用，這一項成就永遠不會磨滅。

從前中國人把吃飯叫「餬口」，聽起來心酸酸，「民以食為天」，也把飲食說得太難了。現在時代進步，無論這個世界有多少缺點，大方向總是向前的，精緻文化以前是少數人的特權，現在大眾化了。吃飯的時候旁邊有個樂隊演奏，以前只有國王貴族辦得到，現在只要你願意，有什麼不可以？我們的餐桌上不管用什麼樣的盤子，牛排總是好的；烹調技術也許差一點，牛肉總是好的。

到了今天，有些格言也許可以改變一下，今天不是民以食為天，今天民以食為美、民以食為樂。今天吃飯不再是餬口，要爽口，要悅口。華北民間流行一個說法，「讀了三國會做官，讀了紅樓會吃穿。」讀《紅樓夢》太麻煩，不如讀飲食文學。

鄭麗園女士的新書《紐約不可不吃》，裡面介紹了紐約市七十家好吃的館子，有位朋友買了這本書，他說他要每星期去吃一家，他要花七十個星期吃遍，他說那時候他會很有成就感。還有一位朋友買了這本書，他說他要約幾個朋友一塊兒去吃，吃了這家吃那家，輪流作東，一路吃下來，他說新朋友變老朋友、普通朋友變好朋友、搖頭的朋友變成點頭的朋友、吵嘴的朋友變親嘴的朋友，有朋一同來吃，不亦樂乎！

祕密知多少

閒讀中國歷史得一印象，有關保密的故事極多，叛變和出賣的行為也不少，這兩者有沒有關聯？算不算中國歷史的一項特色？有沒有人拿來和西洋史做一比較？我是「書到用時方恨少」。

學問小，談小事。中國唐末進入「五代十國」，那時南吳由殘暴多疑的徐溫當權，徐溫的養子徐知誥很想有一番作為，常和謀士宋齊邱密商大計，為了防人竊聽，他們在湖心亭對談，亭子沒有牆壁，亭外四面一片汪洋，「間諜」根本無法接近。到了冬天，他倆在大廳裡圍著一個很大的火盆，撤除所有的屏風，兩人用鐵筋在爐灰上寫字，寫完了立即壓平。

由此聯想到幾個故事。早年有人把密件用毛筆寫在紙上，墨汁滲透紙背，在下面的紙上留下墨跡，壞了大事。早年流行用蘸水鋼筆寫字，再用吸墨紙把筆畫上的墨水吸乾，字跡留在吸墨紙上，洩漏了機密。後來原子筆（圓珠筆）出現了，這是硬筆，一筆一畫壓傷了下面紙張的組織，有本事的人用儀器觀察那些傷痕，也會有重要收獲。

常言道「凡走過的必留下痕跡」，現代人用電腦，留下的就更多了。電腦保密最難，有本領的人可以進來盜取資料，我們自己寫上去的文件永遠不會消失，你雖然把它銷掉，實際上它是「掉」進一個我們不知道的地方，有本領的人仍然可以把它取回。「李文和」案發生後，我們從新聞報導得知，他在電腦打一個字，塗掉了，打上另外一個字，整個過程都有紀錄可以查考。

目前臺灣政爭激烈，有一種戰術武器叫「爆料」，暴露對方的隱密行為，使之發生爆炸性的效果。要防爆料，須先保密，專家說電郵、電話、傳真（FAX）都不安全，只有面對面口述可靠。有些資料內容複雜，並非口傳可盡，他們用電腦把文件打出來，但是並不儲存，列印之後，使它流失，這樣就真正無影無蹤了。

「君不密則失臣，臣不密則失身」，這話出自《易經》，可謂大有來歷。

但是「臣」參與了「君」的最高機密也可能送命，例如燕太子丹和田光見面，商量謀刺秦王，田光推薦荊軻，太子丹對田光叮囑了一句：此事關係全國安危，務請先生嚴守祕密！田光說「是」！他竟然自殺了。何苦如此呢？仔細想想也有必要，太子丹有這麼一句叮囑，使田光覺得自己並未受到絕對信任，這件密謀的運作還要有好幾個人參與，誰能保證其中沒有敵人的間諜？誰能保證其中沒有人酒後失言？何況秦國的謀士也可能料敵機先，萬一敵方先發制人，田光跳到黃河也洗不清，所以他要用自殺保證祕密絕對不是由他外洩的。

咳，參與機密並非幸事，最佳狀況是無密一身輕。如果朋友說「我告訴你一個祕密」，你最好立刻說：「既然是祕密，你不要告訴我！」

我們今天在世為人，有一大堆「機密」要保守，不密則失財。上網、發電郵、開保險箱、裝防盜警報器、使用銀行提款機，甚至進大樓裡的公共廁所，都有一個密碼，誰有那麼好的記性個個記得住？有些老年人把所有的密碼寫下來貼在牆上，自己方便，小偷來了也方便。

有人指點，如果把密碼倒過來寫（例如說把8241寫成1428），這個號碼就對別人沒有意義，此法好像出於達文西的「鏡書」，鏡子裡的影像都是反過來的，後來由軍中使用，再傳到民間，畢竟不是人盡皆知，也許能一時瞞過扒手。

　　咳，人間有多少祕密，又有多少方法保密破密，祕密成就了多少事，也害死多少人，古人要想擺脫祕密的壓力，只要「三代不見官」就可以辦到，今人卻得跟現代文明告別，太難了！

一條背帶的故事

人之一生到底要經過多少危險？美國消費者產品安全委員會提出嬰兒背帶安全警告，因為嬰兒背帶（baby sling）已造成數名嬰兒窒息，還有數名嬰兒從背帶摔出。想不到人生還有此一險，船過險灘，事後才知道害怕。

嬰兒害怕獨處，母親要做家事，使用背帶，既可貼近孩子，又可空出兩手，當然很好。我見過兩種嬰兒背帶，一種吊在母親的兩肩，容易滑脫，所以嬰兒會摔出來。另一種背帶吊在母親頸部，不會滑脫，但是嬰兒以彎曲的姿勢貼在媽媽的胸腹部，頸部無力，鼻子貼在母親身上，阻礙自己的呼吸道，所以易造成窒息。

專家說，背帶還有一險，母親把孩子背在背上，走來走去操作家務，孩子的頭部不停的擺動，影響腦部發育，甚或造成腦震盪。可不是？我小時候眼見鄰家嬰兒在他母親的背上睡著了，腦袋像貨郎鼓左右搖晃，當時也曾懷疑他莫不是昏倒了？這念頭當年一閃即過，今天被新聞報導喚回來。專家沒提到嬰兒的頸骨，這個部位非常脆弱，君不見戰爭影片中敢死隊偷營摸寨，一隻手按住敵方衛兵的頭頂，輕輕一扭，衛兵就變成屍體了！想到這裡一陣心驚肉跳。

我見過一條三代相傳的背帶，它由一位中國母親在一九三八年製成，時為對日抗戰發生之次年。背帶主體呈「回」字形，中間那個小口用成束的細線編成網狀，為的是夏天透風，嬰兒不生痱子。細線非常堅韌，據說是從空軍降落傘的廢品取來，絕不斷裂，據此推測，這位母親可能是空軍眷屬。「回」字外圍那個大口，以日本進口的陰丹士林布為原料，這是抗戰發生前中國民間最堅固、最細軟且最合算的布料，那時就是這玩意兒打垮了中國的土布，加速農村經濟破產。「回」字四角有四根布帶，使用時上面兩根拴在母親的頷下，下面兩根拴在母親腰間，嬰兒的臀部就用那個網狀的部分兜住。

我仔細觀察了這條背帶，這位母親由大東南戰場輾轉於大西南戰場，用它背大了五個孩子，然後她的女兒取去，由臺灣遷徙到紐約，背大了三個外孫。背帶不換新，並非出於經濟因素，而是女兒感念慈母，象徵承傳。這條背帶負重致遠、歷盡滄桑，居然針線完好，大口和小口的連接處，四角和布帶的連接處，針腳密如刺繡、固若焊接，使用時絕對安全。親眼見過，親手摸過，才知道孟郊的「臨行密密縫」太簡單太浮泛了！

雖說背帶對嬰兒有危險，這一家三代八個孩子，平安度過國家最動盪的歲月、人生最脆弱的時期，我深深為他們慶幸。母親萬能，想當年家家自己縫製背帶，未見商店出售，也從未聽說誰家的孩子掉出來、誰家的孩子大腦受了傷害，老天疼憨人，天何言哉？中國老百姓的遭遇大抵如此。

書上說，博物館的陶俑有母親使用背帶的塑像，可見起源甚早。在紐約這樣多民族聚居的城市裡，可以看見形形色色的母親用背帶背著她們的孩子，背帶的質料、款式和花紋、顏色也是多元文化的一個樣相，可見使用甚廣。有什麼代替品可以淘汰背帶呢？完全沒有跡象。

新聞報導說，使用嬰兒背帶的安全方法，是把孩子安置在母親胸前，讓孩子直著上身，嬰兒的腹部貼在媽媽的胸腹部。我在地鐵站看見許多族裔的母親這樣做，有人同時背兩個孩子，一個在胸前偏左，一個在胸前偏右。她們的背帶都是工業化大量生產的貨物，別有一番繁華。每個孩子分外可愛，如果你要告訴人家「世人都是上帝的兒女」，這是恰當的時機。

歡迎受刑人新生

「婦女聯合會」歡迎各位恢復自由的難友，分享各位的心路歷程，迎接各位重新回到社會上來，我們共同努力建設一個比較好的社會。承她們的好意，我也有機會躬逢其盛。

各位難友都受了委屈。我看各位的氣色很好，精神也很好，情況還不錯，每個來參加歡迎會的人也就放寬了心。當年我在咱們祖國的時候，也跟受刑人有過接觸，那時候受刑人面黃肌瘦、垂頭喪氣，再不然就是兩眼冒火。那時候社會歧視受刑人，沒有什麼社工人員去看他們。當年中國有一句話，寧住美國的監獄，不住中國的旅店。他們對美國監獄有很多想像，現在你也可以對當年的中國監獄有一番想像，如果鄉鎮的小旅館都不能住，那麼監獄呢？咱們幸虧在那個年代那個地方沒住監獄。

我是一個信教的人，我知道人是犯錯的動物，我們天天犯錯，犯各式各樣的錯誤。各位難友當然也是犯了錯，交錯了朋友也是錯，跟錯了老板也是錯，不知道避免嫌疑、瓜田李下也是錯。進了法院才知道辦案的人也會犯錯，坐了牢才知道手裡拿著手銬、拿著鑰匙的人也在犯錯。我們也許會很不服氣、很不甘心，那樣我們也許變得很偏激、很虛無、很憂鬱、很瘋狂。那樣我們就會繼續犯錯。

人人都會犯錯，這一次「婦女聯合會」沒錯。她們十年一貫，按時到各地監獄探望受刑的難友，關懷他們，物質上給一點，精神上給一點，替他們禱告。她們這樣做，為的是希望裡面的難友不要一錯再錯，不要讓別人犯的錯誤毀壞我們，更不要讓自己犯的錯誤毀壞了自己。避免社會付出更多的成本，社會付出的，我們每一個人要分攤，所以「幫助受刑人就是幫助你自己」。

天生我材必有用，各位難友都是人才，進去也不是一條蟲，出來仍然是一條龍，月有陰晴圓缺，明月永遠是明月。「婦女聯合會」的義工真熱心，聽聽她們的見證，真教人感動。別說這世界上都只知道錦上添花，還真有人雪中送炭；別說人人都在趨炎附勢，還真有人慧眼識英雄。

信教的人相信人是通過自己的錯誤成長的、是通過別人的錯誤鍛鍊的，人人都是從罪惡裡得救。信教的人說世界上有一種地方叫「苦地」，苦地提昇人的心靈，使人高尚虔誠。監獄是一種苦地，對於從苦地來的朋友們，我們有祝福、有期待，我們不擔心。上帝說我要像鍛鍊精金一樣鍛鍊你們，祂這樣做了，諸位難友也通過了洪爐，以後這社會上有你們的崗位、有你們的成就，今天參加歡迎會的來賓，都有機會和各位再見面。我們共同努力建設一個更好的社會。

餘波

第十三使徒：「人是通過自己的錯誤成長的，是通過別人的錯誤鍛鍊的。」好句！不信教的人也信這句話。成敗禍福之所繫，千萬別弄得「因自己的錯誤而萎縮，因別人的錯誤而毀滅」。

約旦河商人：如果這是傳教，比一般傳道人高明，這樣的貨色我賣得出去。

老牧：此文要旨在佛陀、基督和至聖先師座下都說得通，如要稱讚它，可認為它找到了三教的最大公約數，但從基督教傳道人的角度看，不能使人成為上帝的兒女。

W88：如果我是受刑人，我會把這篇短文當座右銘。如果我的朋友是受刑人，我不敢把這篇文章寄給他看，只能希望他自己有緣看見。

快樂？哪一種快樂？

有人列舉世上最快樂的人：剛剛完成作品的藝術家，為嬰兒洗澡的母親，挽救了患者生命的醫生，正在用泥巴修築城堡的兒童。

聯想到中國的四喜詩，「久旱逢甘雨，他鄉遇故知，洞房花燭夜，金榜題名時。」這是古人列舉的四種最快樂的人，把兩種答案比較一下，你會想到什麼？好像後者比較偏重現實功利，即使他鄉遇故知，恐怕也因為來到人生地不熟的地方有個照應吧。咱們前賢有誰把母親為嬰兒洗澡、兒童用泥巴修築城堡列為人生至樂？母親的快樂，恐怕要等到兒女揚名聲顯。兒童用泥巴修築城堡，後果大概是大人的呵責吧。

再想下去，不會忘記金聖歎的三十三條「不亦快哉」，他的快樂包括當和尚偷吃肉、不喜歡的人死了、燒掉借款的契約不必還債、看人放風箏斷了線。這人的趣味未免太「低級」了吧？如果說這是文人狂士的個人癖好，倒也罷了，怎麼成為後世文人快樂的原型？文豪梁實秋，國師也，他也把如下云云列為「不亦快哉」：早晨遛狗，狗的便溺遺留在別人門前。夜晚坐汽車回家，走近巷口，司機及早按喇叭叫人開門，四鄰八舍全都驚醒。穿睡衣上街。邊走邊吃甘蔗，隨地吐渣……（梁先生不遛狗，也不會在大街上吃甘蔗，他的這些「快哉」也許是遊戲筆墨，存心諷勸世人，可是沒人這樣解讀。）

這麼說，我們今天的「不亦快哉」，大概是一陣秋風把庭院中的落葉吹到鄰家；掛上公用電話的話筒，忽然嘩啦嘩啦，「退幣口」出現一把硬幣；郵差把別人的信錯送到我家，打開一看，裡面有兩張名貴的入場券；寄宿岳家，昏暗中在庭院漫步，見嬌妻迎面來，急擁而吻之，對方亦甚合作，忽然驚覺懷中抱的是小姨；匿名上網，痛罵自己討厭的名人，辱及三代……

移民在外，有些人得了憂鬱症，專家好心勸告平時要找快樂。一般人認為要快樂就得有錢，專家說錯了，要放任性情，做「與眾不同的自己」，不為他人而活。金聖歎的「不亦快哉」出乎性情，可是因此我們就得奉為經典，代代繁衍？我們學他，就算做「與眾不同的自己」？「性情」也有品牌，我們難道不能評比分別？挽救了患者生命的醫生，看人放風箏斷了線的金聖歎，一筆寫不出兩個快樂，因此我們不能加以抑揚？

說到性情，我們家鄉的老農流行一種說法，人生有四大樂事：坐大車，走沙地，穿舊鞋，放響屁。「大車」就是牛車，人可以躺在上面。那時人人穿手工做的布鞋，新鞋又硬又窄，擠得腳痛，富家子弟都是把新鞋交給聽差跟班先穿兩個月，他再穿就柔軟舒適了，你看這裡面有性情。城裡某些居民的性情不同，他們認為人生樂事乃是：其一，賭博贏錢；其二，與美女同居，她負責生活費用；其三，做敗家子揮霍萬貫家產；其四，做官浪費公帑。這些也都出乎性情，所以你都給他一百分？你若問我意見，我會直言，其中有些人的心地這樣齷齪，他還是去得憂鬱症吧。

永固法師在他的專欄裡說，阿根廷的一位高爾夫選手贏得一筆獎金，他把錢送給一個素不相識的婦人，因為「她的孩子重病垂危，緊急需要一筆醫藥費來挽救」。幾天以後，警察告訴那位選手上當了，那婦人是個騙子，根本還沒有結婚。那選手的反應是「太好了！你是說根本沒有一個重病將死的小孩？這是我這個星期聽到的最好的消息」。看他如釋重負的口氣，簡直可以用聖歎筆法形容「不亦快哉」！可是這一「快」和那一「快」，境界高下差得多麼遠！

聽，聽！別忘記你有耳朵

我曾經有一個疑問：在歷史的重大事件中，某人的一篇演說常能造成群眾運動的高潮、決定歷史發展的方向，今天我們讀演說詞，為什麼總覺得那些文句並沒有那麼大的力量？後來知道，演說的魅力除了文句，還有聲音表情和動作，尤其是聲音「非語文的成分」，表現力超過語文，視覺的文獻失去了那一部分，難免減色。

有這樣一個故事：美國某地的一家學校裡，歷史老師在教室裡講到林肯在蓋茨堡的演說，他念出其中的名句，「**Of** the people, **By** the people, **For** the people」，重音都在第一個字。恰巧有一老兵經過聽見了，他走進教室告訴教師念錯了，他說林肯總統演說的時候，他是現場聽眾之一，總統是這樣說的，「Of the **people**, By the **people**, For the **people**.」三句話的重音全在最後一個字。這樣兩種讀法表示兩種治國的理念，可謂「差之毫釐，謬以千里」，這就是語言文字以外的部分。

林肯總統這三句話，孫中山先生譯為「民治、民有、民享」，我想是符合林肯的原意。咱們中國人喜歡四個字的成語，以後這三句話就以「為民所治、為民所有、為民所享」的句式流行，也就出現了兩種讀法：有人把三個「為」字讀成平聲（與「圍」同音），這樣「民」是主體；有人把三個「為」字讀成去聲（與「味」同音），人民就很被動了，大人物的心態就在這些地方洩漏出來。

美國的盲聾作家海倫．凱勒曾經慨嘆許多人沒有好好使用他的眼睛，可有人惋惜我們未曾善用自己的耳朵？比較而言，大家對視覺還算認真，聽名人演講主要的收穫是看到這個人如何如何，臺下坐的大半是「觀眾」，即使聽音樂，也得親眼看見臺上有個交響樂團才滿足，此時若有電視轉播，總得安排一些特寫鏡頭，其實可有可無。閱讀一篇文章的時候總會集中精神，聽人講話的時候往往有一句沒一句，他是在聽人講話嗎？他是在找機會插嘴講話，一副貓等老鼠出洞的樣子，你怎能希望他「會心」？

文盲眾多、印刷術未發明之前，文化傳播和人際溝通中，耳朵是第一順位的器官，許多典籍都是口耳相傳的文件，為人持誦，「有耳可聽的就當聽」。也有人慨嘆，許多人沒有好好使用自己的文字，可有人惋惜我們未曾善用自己的語言？有人說中文沒落，可有人指出中國話更沒落？

家……由子宮到天堂

「在亞當的時代，天堂是家；在我們的時代，家是天堂。」

人的第一個「家」是母腹，宗教家說人的前世經驗可以帶到今生，教育家說人在母腹裡的經驗支配長大後的行為，人在這個「大後方」接受最初的裝備。

人在母腹裡的姿勢最舒適、環境最安全、全身被打擊的面積最小，重要的器官都保護起來。痛苦時我們採取的姿勢，睡眠時我們採取的姿勢，羅丹雕刻的「沉思者」也近乎這個姿勢。

人類的第一個「家」是女性建立的。

然後我們需要第二個家，於是有父母的愛和勇氣包圍在我們四周，他們的胸脯最溫暖、臂膀裡最安全。家是母腹放大，家是天堂的派出所，所以說

「上帝不能親自照顧每一個人，所以創造了母親」。或者可以加添幾個字，祂也創造了父親，父母各自代表上帝的這一面和另一面。

照小篆的寫法，「家」字屋頂下面還有牆，像舞臺拆去「第四面牆」那樣，露出裡面的「豕」，於是巴金藉小說人物之口說，「家」是屋頂下面一窩豬！這句話很鋒利，成為名言，影響極大，基督教會頗受壓力，只得為「天家」另造一字，寶蓋下面一個「佳」字。學者認為「豕」字代表家畜、代表居有定所、代表由畜牧進入農業。女子飼養家畜，代表這時有了婚姻制度。這第二個家也靠女性建立。

今天戶籍上的「家」指結婚生子，否則只算「共同生活戶」，一門出入。我們說家家戶戶，兩者大同而小異。這個生兒養女的家也是女性建立起來，嬰兒的哭聲是沙漠駝鈴，丟在客廳地毯上的玩具是人類的新石器時代，兒女是自己的回顧，青春期、反抗期都有你已喪失的優點，也重複你犯過的錯誤。兒女是祖先再生，高祖子孫盡龍準，祖父曾祖父的腔調身段都可複製，賈母是老祖宗，寶玉是「小祖宗」，如此這般也許可以解釋中國人人為何偏愛親生。

房屋公司的銷售標語說「家是人生最大的投資」，標語旁邊畫著一棟房子。這句話和巴金相反，但同樣出自廣告天才之手。「男子生而願為之有室，女子生而願為之有家」，有人說中國人喜歡造牆，真的嗎？怎麼歐洲也有城堡，印第安人也有wall st.？美國也用小洋房代表「美國夢」。阿姆斯壯在月球上說「回家真好」。他們不是愛牆，他們愛那子宮的樣式。

最後，我們會有第四個家，宇宙，蛋白包著蛋黃，子宮的樣式，天家。「必有童女，懷孕生子」，道成肉身，完成人的救贖，這第四個家也是女性建立的。

依宗教家的說法，我們都是旅行的人，人生如寄，古人有「寄寄園」，庭園暫時寄放在我的名下，「我」又暫時被寄放在世上。終有一天乘風歸去，瓊樓玉宇，別是一番溫暖。

「回家真好」，回到第四個家更好，我們的家又是天堂，亞當失去的，我們又得到了。人必須四個家都有，這一代中國人的悲劇是國太多、家太少。天國，天堂，天家，國太嚴重，堂太空洞，最好是天家。

餘波蕩漾……

蘇北坡：「在亞當的時代，天堂是家；在我們的時代，家是天堂。」好句子！何以沒註明是誰說的？

十二姨：很多格言都失掉出處，「失敗是成功之母」是誰說的？

楊揚洋洋：水果摘下來，忘了是哪棵樹，也不想知道種樹的人，這是人性忘恩的證明。

寧為女人：什麼年代了？還把女人定位在生兒養女？

十二姨：這篇文章的主題是「家」，用小品體裁，總不能把花木蘭、居禮夫人、南丁格爾、德蕾莎修女都寫進去吧？

蘇北坡：我也來咬文嚼字，「寧為女人」，這個「寧」字透露了多少不得已不甘心，哈哈！得罪了！

江上風：我讀這篇文章，想起「君子之道，造端乎夫婦，及其至也，察乎天地」，寫得好！

十二姨：不要被意識形態遮蓋了文學趣味。

同在與同感

人同此心，未必心同此理，每當天下大事發生心有所感的時候，我會問：別人會覺得怎麼樣？民國百年，我們同在，可是大家的感受有多大分別？以我自己來說，小時候多病，有時候請幾天假，母親帶我去外婆家，回來再去上學，老師會問我「好了沒有？」，他以為這幾天我躺在床上吃藥。那時候，誰會預料我能度過民國一百年？

叨天之幸，今天，我能忝列「同在一〇〇」。

國共內戰改變了中華民國的命運。一九四八年，民國三十七年，街談巷議口耳相傳，中華民國到四十年為止，因為總理遺囑預告「余致力國民革命，凡四十年」。民國百年？看當時的戰局，悲觀的氣氛密封了人的想像力。幸而「洪荒留此山川，做遺民世界」，世事一再出現變數，扭轉方向，兩位蔣總統都做了「破格完人」，「同在一〇〇」這樣漂亮的標題居然出現在我們眼前。這些變數，牧師也稱之為神蹟。

「同在一〇〇」像一塊極大的金匾，比「蔣總統萬歲」的牌樓要大，比「毛主席萬歲」的拼字標語要大，我們都在匾後面撐著它，把它豎起來，我們也都站在匾前面用數位相機把它拍下來。但是，雖然千千萬萬人一同撐起這塊金匾，各人在匾前匾下拍下自己的照片，這些人卻也有百種想法千種看法。

我是怎樣想的呢？用《聖經》上的話來說，我們都是「餘數」。如果同船過渡都是不可思議的因緣，我們這些「餘數」怎會都在一起，多少人沒有熬過來的、沒有躲過去的，我們居然辦到了，多少人看不見的「同在一〇〇」，我們居然看到了。我絕不認為這是我的智慧高、本事大，我一點也不覺得這是我的分所應得、理所當然。我滿心感激，卻又難以決定一個具體的對象，只有跪下來感謝天恩。

我知道，有我這種想法的人也是餘數。

我初步了解「漂流」一詞的時候，夢見落在海中抱住一塊木板，隨波浮沉。一九四九年到臺灣，「同舟共濟」的口號響亮，漂流而有船可乘，事實比做夢還美。可是別人的感受不能跟我相同，一如我的感受不能和別人相同。六〇年代，方豪神父在他用筆名發表的一篇散文裡，把「同舟共濟」寫成同舟共「擠」，生動的指出「同在不同感」的人心。世事複雜，分歧乃是自然現象；空間密集，「擠」乃是必然現象。即便是進了人民公社、進了農業建設兵團，仍然要擠。現在我們常說的「互動」，即是「擠」的美化。「擠」也分甲乙丙丁、ＡＢＣＤ，能在臺灣共擠，「擠」之上者也，咱們擠而樂、擠而無怨、擠而無悔，儘管我擠掉了你的鞋子、你擠丟了我的錢包。這種擠很像奧林匹克運動會，它的意義在參加，不在勝利。

身為擠過來的一分子，仍然記得人類有一個夢想，同在的人都有同感。東聖西聖以種種修辭方式表達此一意念，有了同感，擠也就真正變成互動互濟了。同感如何產生？今天看情勢，你休想先停擠後抱養一個同感，你只能指望擠著擠著孕育出一個同感，彷彿是演算程中出現總平均、大通分，這也是牧師所說的神蹟。誰也說不準這一天何時來到，我們只能以善意耐心等待。你我都要準備等很久很久，即使等到民國一千年亦無不可！

淘不盡的歷史彎彎流

淘不盡的歷史彎彎流，這個題目很巧妙，李又寧教授總是能想出很好的題目來。他要我談談自己在這個時代是怎麼活過來的。歷史往往是彎彎曲曲的，因為人心彎彎曲曲，歷史的彎彎曲曲和人心的彎彎曲曲又互相影響，我們也就馬不停蹄、腳不點地，一直到今天，才算站住了喘口氣。今天談這一段歷史，你得把彎彎曲曲拉成直線，可就說來話長，淘不盡了！

依我的觀念，「一九四九」這個符號不單單指某一年，它可以指國共內戰爆發以後，一直到臺灣解除戒嚴以前，或者說到中國大陸改革開放以前，這是一段很長的時間。要我談自己在那些年是怎麼活的，引用文天祥一句話，一部十七史從何說起？內戰四年，我寫了一本書，臺灣三十年，我又寫了一本書，兩本書合起來八百頁。我不推銷我的書，但是我也很難寫出一個簡單的提要，我只好把書裡面的一首歌念出來，我不知道這首歌是誰作的，很切合今天的題目，「左邊一座山，右邊一座山，一條河流在兩座山中間。左邊碰壁彎一彎，右邊碰壁彎一彎，不到黃河心不甘。」

一言以蔽之，我是彎彎曲曲活過來的，那些年江山多嬌，英雄豪傑的身段像過新年鬧元宵舞動的那條龍一樣，九轉十八彎。時勢造出彎彎曲曲的英雄，英雄造出彎彎曲曲的時勢，他們顛倒眾生、扭曲乾坤，我得跟著連滾帶爬，「人心彎彎曲曲水，世事重重疊疊山」，越過崇山峻嶺，我一步也沒法照直走。一九四九來了，我是一條蟲，一條爬蟲，彎彎曲曲爬過一重一重障礙。那些不能變成爬蟲的人大概沒法活，那些不能由爬蟲還原成人的也雖生猶死，我很幸運，變成蟲，又還原成人，成為一個新人！我感謝上帝。要問那些年我是怎麼過來的，這就是答案，說到這裡也就夠了。

可是我的發言太短也不好，那樣顯得我太不用心了，我得填滿時間，表示我對這個座談會的尊重。我小時候，社會主義是顯學、是主流，我心嚮往之，可是歷史一轉彎，我去讀國民政府辦的流亡中學。我本來很用功，可是學校變了質，我也變了心，我逃學去從軍。本來我充滿了正義感，可是歷史一轉彎，我進了貪官污吏的集團，變成一個小小的共犯。歷史轉了一個大彎，把我搭的這條船打沉了，我抓住一支筆當作浮木，變成作家。一開始，歷史要我做一個教忠教孝的作家、說仁說義的作家，後來，歷史又叫我做一個刺激欲望、鼓勵消費的作家。我都不甘心，我也都做得很好。共產黨說我是國民黨特務，國民黨說我是共產黨特務，很可笑，我笑不出來。我們是五〇年代文人相害，互相監視告密；六〇年代文人相輕，有潮流派別；七〇年代文人相忘，每個人只顧賺錢；八〇年代、九〇年代文人互相抄襲，贏家通吃。我的從業經驗也彎彎曲曲，隨遇而不能安，我很少為如何找到一個工作發愁，常常為如何辭掉一個工作發愁。我第一次主動的謀求一件事情，第一次感覺到求人很難，是來到美國辦移民，這件事情深刻的教育了我。

每一個時期有每個時期的感想，現在當然要說最後的感想。我是一個平民百姓，沒有任何依賴、任何庇護。像我這樣的人非常非常多，歷史玩弄的就是我們、踐踏的就是我們，「興，百姓苦；亡，百姓苦。」歷史像洗衣板一樣揉搓我、像絞肉機一樣攪拌我，我該死不死，兩世為人。我是祖宗有德、上帝有恩、三生有幸。美國作家 Kathleen Winsor 有一本長篇小說，書名叫做《永遠的虎魄》，開頭第一句話就說「在亂世，人活著就是成就」。照著鏡子左看右看，這點成就有什麼可以誇耀的？我得多麼自我中心、多麼不知世事艱難，才可以誇耀自己？只有感恩，只有回饋，只有聽人家誇耀。

有一個故事，據說是美國總統林肯講的。他說有一個國王，經常要出去剪綵、揭幕、證婚、主持各種典禮，每次都要預備講話，實在麻煩。他問一個有學問的人，有沒有一套話，在任何場合對任何人都可以使用，不必每次都預備新的。那個人說：「有！不管什麼場合，你上臺以後只要說一句話就可以了，你對全場聽眾說：『這一切都會過去的！』」

是的，一切都會過去！一九四九淘不盡，但是過去了，英雄豪傑剩下一個名字，黎民蒼生留下一個數字。從前的「我」也過去了，我現在是一個新人，種種昨日，都成今我，今我已非種種昨日，我今是昨非做新人、脫胎換骨做新人、推陳出新做新人、新天新地做新人！

歷史這條長河，還是要彎彎曲曲流下去，但願將來的人不必彎彎曲曲的爬，他們始終可以站得直，頂天立地；可以照直走，挺胸昂首。可以像河裡撐船，可以像河堤上散步，也可以跳華爾滋原地旋轉，他們一以貫之，不鬧人格分裂。該活的時候活，該死的時候死，用不著死去活來！

老狗新技學電腦

電腦的功能很多，我能享用的很少，對我而言，它是書寫工具的革命。我幼時開始習字，用毛筆，入小學後加上鉛筆和鋼筆，抗戰時做流亡學生，也曾削木為筆，抗戰勝利看報，知道美國商人雷諾到上海推銷原子筆，四年後流浪到臺北，這才親眼看見親手使用。……

書寫工具不斷改變，每一次都給我很豐富的感受，最後電腦出現，它也許是終結者，書寫工具的最後形式。

我以「寫字」為職業，咱們的方塊字寫來很費力氣，尤其是我寫繁體字，「鬱」字使人憂鬱，「鑿」字像鑿井一樣辛苦，「豔」字實在很醜，使我黯然失色。早就有人說，拿破崙字典無難字，中文字典有五個難字，難寫、難查、難認……早就有人要憑這幾項罪名廢除漢字，改用拼音；早就有人研

究，寫英文時要牽動多少根肌肉，寫漢字要牽動多少根肌肉，寫漢字特別勞心勞力，中國古代的書法家都練氣功

我沒練氣功，青壯時文章一揮而就，歲數大了邊寫邊改，修改過的稿子要重抄。老來得了職業病，寫作時右胸肌肉痛，早晨起來右手四指僵硬，半小時一小時後才正常。行到水窮處，我開始注意電腦處理中文的功能，關心它的發展。

漢字「難查」，索引一直是個難題，我對各種輸入法都很畏懼。我也熟知那句話，「老狗不學新技」（有人譯作「老狗學不會新把戲」）。一九九七年，紐約的「展望電腦」推廣寫字板，我動了心，這年我七十三歲，英文補習班僱用臨時工人在大街上散發傳單廣告，他們已不把我當作招徠的對象，大概認為這個人喪失了學習能力，算命的也不送傳單給我，大概認為這個人的命何必再算。他們的判斷多多少少對我是個刺激，誰說我不能再學習？我去參觀「展望電腦」舉辦的展示會。

「展望電腦」的許老板科班出身，談吐有書卷氣，聽他解說，看他示範，我立刻愛上電腦。手寫板很平滑，用硬筆在上面寫字就像溜冰，而且寫

字可大可小，不必規規矩矩填進小小的方框裡，反映到字幕上整整齊齊，大大節省腕力。它的搜索能力很強，輸入檔案標題的一兩個字就可以調出全文，漢字的檢索也完全不成問題。如果想把寫好的一段話刪掉，或者刪掉之後再恢復，想把後面一段調到前面來，或者把前面一段移到後面去，只是舉手之勞，稿面整潔如新、不留痕跡。這就夠了！它洗刷了漢字難寫難查的罪名，它救了漢字。

這個新把戲一定要學！初學乍練，我買了一臺桌上電腦，許老板替我裝好九五視窗和漢筆精品的軟件，免費培訓六個小時。我後來改用筆記型電腦，XP視窗，蒙恬軟件，進出圖書館得心應手，八年來完成了百萬字的文稿，「工欲善其事、必先利其器」，誠然是至理名言。可是「展望電腦」卻老早歇業了！聽說許老板改讀神學，打算去做傳道人，我很懷念他。

學習電腦，我有繼續成長的感覺。我學電腦體會到這一境界，萬金難買，希望能與同儕分享，老年人學習新事物可使生命不再萎縮。有人理直氣壯說他拒絕電腦，好像很光榮，其實沒有什麼可以誇耀的。有人說電腦傷眼，誠然，可是一個作家怎能為了保護眼睛而放棄寫作？他只能放棄電影和電視，選擇電腦。

學會了書寫之後，再向周邊擴展，首先是用E-mail收發信件。我從未料到，你把信寫好，只消在一定的位置點一下，對方立即可以收到。一封信同時寄給一百個人，比起只寄給一個人來，也沒增加多少麻煩。用E-mail寄信，不但信封信紙郵票郵局全免了，寄往通信管制的地區，誰也沒法中途檢查。傳送十萬字的文稿也不過多點幾次，對我更是很大的方便。以前一本書寫好了，原稿兩寸厚一疊，費許多力氣才封裝起來。拿到郵局的窗口，郵務員照例問寄什麼東西，我說「文稿」，他聽不懂，在他們的社會裡，投稿是稀有的行為。我說「論文」，他勉強會意，我寫的東西能叫「論文」嗎？嚴格的說，這有欠誠實。

現代人不喜歡寫信，親友交遊都疏遠了。咱們中國人寫信講究啟承轉合，如果太簡潔明快，那好像不是信，那是寫便條、批公文，對上不禮貌，對下不親切。當你面對信箋的時候，寫信的那套規矩就擺在信箋上，你無法擺脫它的支配，如果面對電腦視窗，不管是寫信的一方，還是收信的一方，都好像覺得電腦是咱們歷史文化裡沒有的東西，視窗上也沒有那套規矩，一封信可以像一封電報那樣實實在在。有時候，像王羲之「送橘三百枚，霜未降，不可多得」！這樣瀟灑的短簡也會突然湧出來。這就增加了溝通的頻率，也未必就減少了回味。

寫信之外，進一步學習上網查找資料，網站之中，Google最享盛名，有人把它譯為「古狗」，於是「把那隻古狗牽出來」成為電腦族的新興語言。「古狗」蒐羅豐富出乎想像，我寫《關山奪路》的時候，它引我找到中國全國的鐵路公路里程表，我這才算出來，內戰四年，我在中國本土流離了六千七百公里，這個數字對表現那段經歷有畫龍點睛的作用。有一天，輸入我自己的名字，打開一看，居然一萬五千八百條，我好像被聚光燈突然鎖住，嚇了一跳。那就看看魯迅吧，呵！三十六萬七千條！

文章結束之前，還有兩件小祕密可以公開。

有一天，我發現視窗打不開，向附近一家電腦行求助，技師說修理費要美金五十元。那時候大家還在用方形的小磁碟複製副本，關機後要把小磁碟取出來，下次才可以順利開機，可是我不知道，那技師收了錢也沒把「祕訣」告訴我。

有一天，我在寫字板上寫字，視窗沒有字跡反應，技師說，寫字板壞了，再買一套吧，多少錢呢，美金六十元。後來知道，寫字筆有個塑膠筆芯，我的筆使用日久，筆芯磨平了，只要換一個筆芯就行，多少錢呢，七塊錢可以買五根。

這就是學習，你總得走些冤枉路、花一點冤枉錢。可是「不怕慢，只怕站；不怕站，只怕轉」。只要往前走，終於可以走出來，小奸小壞小便宜，由他去吧！

由「五恨」到無恨

彭淵材，北宋音樂家，他的姪子惠洪在《冷齋夜話》裡稱淵材生平有五恨事：一恨鰣魚多骨，二恨金橘太酸，三恨蓴菜性冷，四恨海棠無香，五恨曾子固不能詩。

我們天字第一號的才女張愛玲抄而襲之，也說「一恨海棠無香，二恨鰣魚多骨」。不過這兩句只是陪襯，下面的主文是「三恨曹雪芹《紅樓夢》未完，四恨高鶚妄改」。

近代人張翼廷亦有五恨：一恨河豚有毒，二恨建蘭難栽，三恨櫻桃性熱，四恨茉莉香濃，五恨三謝李杜諸公多不能文。他說的三謝應是東晉政治家謝安、南朝宋名士謝靈運、南朝齊詩人謝朓。李白在他的作品中曾一再推崇謝靈運和謝朓的詩。

步武前賢，我也有五恨：菜根難嚼，長安太遠，英文太不規則，身後的好書讀不到，毛澤東未轉型。

且說以上大家的恨事都有一條和讀書有關。「我們都是讀書長大的」，請以食物為喻，為進修讀書，「一樣米養百樣人」，大家有共同必修，但是人人各有獨得。為興趣讀書，「百樣人吃百樣菜」，各人個別選修，但是大家有共同所得。為研究讀書：有終有始，在壓力下讀書，古人稱為苦讀、攻讀，其中有登山之樂。為興趣讀書：有始無終，隨興之所之，在無壓力下讀書，今人稱悅讀，其中有遊湖之樂。

讀書，吸收知識，技術上副作用最少，其結果比較接近教育家的目標。文字是抽象符號，刺激欲望煽動野性的力量較弱，試想，如果「軟玉溫香抱滿懷」變成光碟……這就是為什麼說，愛讀書的人品性大概都比較好，我是說「大概」。陳果仁在酒館裡被人用球棍打死，如果在圖書館就安全了。《聖經》，我不相信可以變成電視連續劇，那種虔誠敬畏、靈性的成長，獨自面對上帝的感覺，只有閱讀。

有許多能力只有閱讀可以得到，培根認為讀史使人明智、讀詩使人靈秀、數學使人周密、科學使人深刻、倫理學使人莊重、邏輯修辭之學使人善辯。這話被人無數次引用。可以引申補充：只有讀書可以引人有系統地深度思考，慢慢組織成一個體系。

我們偶爾會遇見一個人，言語支離破碎，發言三分鐘都無法啟承轉合，如果他身體健康，剩下可以推求的原因大概是沒有閱讀的習慣。我們一面閱讀、一面增加語言的能力，畫面轉為語言的能力則比較困難，專家說，語言的能力是生存競爭力的一種。今天生存競爭劇烈，我們汲汲以求的豈不就是比並駕齊驅的人超出半步嗎？

與好友談書，一樂也。我們難免介紹自己愛吃的菜，希望別人也嘗嘗；難免稱述自己遊過的山水名勝，希望別人也去過。如果別人不嘗、不遊，也可以約略得之。一人讀書，十人分享，這才是益友。我想我們對作品有主觀的愛憎（文字因緣），也有客觀的標準（文章有價），兩者未必一致，不必各執一端，但各抒所見也足以互相發明。好讀書的人可以互相成為畏友、摯友，有別於語無倫次的俗友，隔離向你傾倒語言垃圾的骯髒之友。

明代一位史學家自述讀書之樂，怒而讀之，悅然；憂而讀之，欣然；躁而讀之，悠然。南宋一位藏書家說，餓了，讀書等於吃肉；冷了，讀書等於披裘；寂寞了，書就是朋友；憂鬱了，書就是音樂。現代人能證明閱讀有更多的好處，治療焦慮症和壓抑症，防止老年痴呆，培養幽默感，使人圓通豁達，處世為人減少爭執，增加朋友。如此說來，讀書的時候，「五恨」就變成「無恨」了！別人不讀書，所以我們不必讀書？否，否，如果別人不讀書，那正是我們要讀書的理由。

聞蟬聲，說詩人

讀駱賓王的〈在獄聞蟬〉，想起往年夏天都聽見蟬聲，今年怎麼沒有？我並不喜歡聽蟬，可是如果顯示附近的生態發生了變化，那就值得關心探索了。

無可奈何，還是把生態環境交給歐巴馬總統、蟬聲還給駱賓王。他這首詩明寫蟬、暗寫他自己，寫他的有志難伸、負屈含冤。蟬在樹上叫，怎會跟他在獄中盼望昭雪混為一談？這就得介紹詩人的一項看家本領，他看世上任何一件東西都像另一件東西，眼波似海，海浪似山，山似眉黛，眉似柳，柳似長髮，長髮似瀑布。因此，詩人可以言在此而意在彼。東坡云：「作詩必此詩，定知非詩人。」散文家和小說家，也得參透這個「萬物大通分」的「文法」，才算入了本行。

前人對蟬已有多種說法。蟬聲是噪音，本無可取，書上說他是昆蟲音樂家。蟬聲連綿迫切、不休不歇，好像有重要的訴求，有人說他是冤魂所化。蟬的種類多，有「十七年蟬」，昆蟲中的壽星。一般幼蟲要在地下三年至七年長大成蟲，只有雄性能發聲，「藝術生命」短促，最短只有兩星期，彗星式的天才。潛修時間長，放射光芒的時間短，象徵運動員、流行歌星、時裝模特兒。蟬在成長期間，每年到地下褪掉身上的硬皮，以新蟬的姿態出土高飛，使人聯想到重生不朽，於是金蟬、玉蟬都是名貴的飾物，富貴之家營葬，在死者口中放一隻玉蟬。另一些人則認為「蟬蛻」象徵超出已有的成就，更一步精進。

還有別的說法，你我也可以在一切既有的說法之外另覓新的說法。駱賓王被政敵構陷入獄，他對蟬的聯想傾向「冤魂說」，筆觸沒那麼粗重，用「無人信高潔，誰為表予心」淡寫了。駱賓王是清官，他入獄的罪名卻是貪污，這個殘酷的玩笑一定使他很痛苦。他高潔，蟬並不然，以吸取樹身的汁液維生，對樹木有害。這種「誤會」是詩人的特權，烏鴉反哺，腐草化為螢，都屬於這一類。

在文學史上，駱賓王是初唐四傑，下筆了得！他七歲時寫的一首詠鵝詩，曾經編進我讀的小學課本，用來激勵我們追慕前賢，可惜他未能一輩子做個詩人。他在官場中受排擠打擊，最後參加了徐敬業的造反陣營，為推翻武則天的政權寫了那篇不朽的宣言。徐敬業失敗了，滿門抄斬，駱賓王從此下落不明。

駱賓王的下場，有人說他自殺，有人說他被殺，有人說他做了和尚。人民大眾捨不得他死，相信寺廟把他隱藏起來了，資料記載有出入，他那年大概五十歲，論創作尚在盛年。他有那麼高的詩才，怎麼能忍得住，從此再無聲息，只要他再有一首詩對人吟出來，不，只要他再有一句詩流傳在外，他的行跡立刻暴露，天下之大，再難有他的藏身之地。如果他尚在人間，以後二十年心中只有禪沒有「蟬」，他必須是一個和尚才辦得到，而且要斷盡煩惱、修成正果。

駱賓王家世很好，後來衰落了，他從小就有壓力，他必須有傑出的政治地位，光大門楣。他到了五十多歲還才高位卑，他跪拜事奉的那些上司，給他做部下他也不要，他的詩文中有憤慨。徐敬業起兵，他居然附和，莫非想做個元勳，揚眉吐氣？的確，在這條路上，他的時間不多了！哀哉駱公，他難道不讀歷史，文人參與政治運動很難有好下場，即使徐敬業成功了，朝臣的傾軋排擠依舊，人主的多疑信讒依舊，可與共患難者未可共安樂，您那兩把刷子哪有勝算？

我一直猜想，駱賓王那個要命的一念之間是怎樣決定的，如果他繼續創作二十年，唐詩是何等模樣。

母親節與模範母親

許多年前，有人在報上登了一個廣告：

徵求女性一人，能烹調、縫紉、洗衣、護理病人、照顧小孩、補習功課、打掃清潔，早起晚睡，永遠忍耐，每週工作七天，每天工作至少十八小時，必要時二十四小時不眠不休，可能在緊急危難中犧牲性命，沒有娛樂，沒有休假，沒有薪水，終身不辭職。

怎麼可能呢？你怎麼能找到這樣一個人呢？答案是：這樣的人很多，她就是「母親」。（見拙著《開放的人生》）

現在美國有專家認真計算了一下，如果「母親」有薪水，她的年薪應該是五十萬八千七百美元，外加醫藥保險和退休金。母親要做十七種工作，當然，「母親的感情無法計算」。我們還得再加上一段：單親媽媽和未婚媽媽做的工作更多，「年薪」也應該更高。

林語堂說過，如果沒有母親，所有孩子都會在四歲以前死掉，因為在那個時代，孩子要出痲疹。我小時候聽家鄉父老相傳，水災旱災大饑荒的時候，總是母親先餓死、孩子後餓死，只要母親沒死，孩子不會死。不止一位學者說過，如果沒有母親，孩子長大以後缺乏同情心、不知道感恩、沒有能力愛別人，除非後來宗教能給他補救。

人類應該有普世價值，肯定母愛，推崇母親，就是其中一項。中國自古就有「母親節」，每個子女的生日就是他的母親節，或者說，每個母親的生日是他子女的母親節。到了現代，西方的風俗傳到中國，中國人最容易接受的是母親節，不是耶誕節，中國人對耶誕節是有條件、有限度的接受，對母親節是無條件、無限度的接受，從理智到感情都投入。

表揚「賢母」也是中國的傳統，哪家的母親有很好的品德，教養出很好的子女，地方士紳報告官府，官府報告朝廷，皇上降下聖旨來表揚她，當年叫做「旌表」。受到表揚的人，官府對他們家特別客氣，以後她的傳記寫在家譜裡、寫在縣志裡。中華民國成立以後，這個工作由內政部繼續做，我的舅母曾經有此榮幸，我還記得公文上面蓋著國民政府的大印，承辦機構是內政部長蔣作賓。

中國移民來到美國，華人社區海納百川，接受了西洋的母親節，再把公開表揚模範母親帶到西洋，這就是「融入美國文化的主流、保持中國文化的特色」，中國移民在美國安身立命，這是最理想的一種情況。一個移民的家庭，母親的責任更重更大，她們還得開車、開會、開店、開香檳、開支票，她們處處吃得開，替丈夫、替孩子開路。如果父親是這個家庭的頭，母親就是這個家庭的心臟，每一位母親都是模範母親。

社區聞人陳秋貴先生說：「我們擁抱輝煌，母親累積滄桑。」說得好！慶祝母親節，我們把榮耀歸於母親，讓母親擁抱輝煌。

回響

魯男子：萬歲！母親萬歲！

「如果沒有母親，孩子長大以後缺乏同情心，不知道感恩，沒有能力愛別人。」說得好！

「榮耀歸於母親，讓母親擁抱輝煌。」說得好！願這兩段話人人知道，人人不會忘記。

絲雨：母親節送什麼禮物好？我不喜歡康乃馨，小氣巴拉的花朵，也太洋化了。既然「中國自古就有母親節」，何以連個禮物都沒設計出來？

魯男子：古人這天給母親的禮物是磕頭，磕響頭。我現在似乎還能隱隱聽見那響聲。

小麗：啊喲！磕那麼響的頭，腦震盪怎麼辦，母親聽見了多心痛。

大江東去：中國人設計的禮物？那大概是送紅包，方便實惠，俗不傷雅，中國文化！康乃馨算什麼禮物，第二天都丟進垃圾桶，暴露西方的，淺薄虛偽。

有位老太太上壽百歲，子女整理她的遺物，發視床墊下面很多紅包，子女常常送紅包給她，她拿床墊底下當錢櫃，夜晚睡在上面，物質的安慰精神的安慰都有，想必是很舒坦。後來子女把紅包裡的錢捐給一個什麼機構，由他們去認養西藏的孤兒，這個結局很不壞。

敵人比朋友更難得

圖書館專家王岫先生退休後，猶常常著文介紹出版界的新知，熱心可感。最近他談到美國作家艾瑞克．拉森（Erik Larson）提出「作家生活十個不可或缺的基本要素」，引發我一撰寫此文的動機。

這位美國暢銷作家所說的要素，有些很容易具備，例如早上起來喝一杯好咖啡，「一早一杯好咖啡，猶如一把能啟動你寫作車子的鑰匙。」有一條刪去也罷，例如一定吃某個廠牌的餅乾。有幾條很難，尤其是第九條「至少要有一個值得信賴的朋友或親人，做你草稿的第一個讀者，當你文稿的評論者，又能公正、恰當地指出你作品中的缺失」。他的第一個讀者是他的太太，哈！如果她不是尊夫人，她肯「公正、恰當地指出你作品中的缺失」嗎！

這一條難在哪裡？第一，寫作的人總以為自己的文章很完善了，以前文章在平面印刷的媒體發表，有個「守門人」需要對付，迫使作者投稿之前揣摩設計、退稿之後反省檢討，電腦時代上網如入無人之境，沒有任何欄柵需要越過，天遠地闊任我行，一句「得失寸心知」，其中多少自足、自滿、自珍、自慰、自傲、自信，別人的嘮叨免了罷。

第二，為他人出謀定計，必須那人有條件、有能力做到。從前忠臣進言常遭皇帝罷黜，原因之一是他要求有一個聖主賢君，開的條件太高，使皇帝產生自卑感，惱羞成怒。做作家的第一個讀者，文學史上有所謂一字師，你只建議他改一個字，容易實行，所以受到他的歡迎，今天充其量你也只能找到「一字師」而已。所謂一字師，僅限於技術支援，小處著手，至於立意、選材、布局、結構，他已築好碉堡，更遑論風格境界了。

第三，最重要、最耐人尋味的是，一個人如果有了成就，他明知你說得對，他聽了也很煩；他明知自己錯了，也希望有人稱讚。當你規勸一個人的時候，你是俯視，他有壓力；如果阿諛，你是仰視，他有優越感，這個優越感比文學藝術的美感重要一百倍。皇帝當然知道他天年有限，但是他鼓勵臣民喊萬壽無疆，在這裡，「萬」並非歲月數字，而是代表自己最高的權位、最大的尊榮，而是代表別人無限的仰望與期待，到了太子就只能稱「千歲」了！

來，我們一同學習這「人性」的一課。面對一個有成就的人，你對他的肯定越誇張他越喜歡，你的稱讚離事實越遠他越相信，你虛偽，但是他期待。他衡量了自己也衡量了你，深深覺得他強你弱、他巧你拙、他有你無，你現在對他有所求，或者以備將來不時之需，「阿諛」證明了這一切，經商要發了財，作官要掌了權，才嘗到成就的滋味，而寫作這一行不然，只要白紙落滿黑字，他就有成就感！

我們厭聞忠言，猶如在打麻將的時候不願聽到電話鈴聲，殺風景，亂人意，敗清興，天下最不識相之人來做此不識相之事，你本來想救一個朋友，反而由此失去一個朋友。這番話並非只褒貶別人，我自己也包括在內。結果我們每個人都被朋友包圍了、蒙蔽了、充滿善意的陷害了！所幸天無絕人之路，密室之中尚有一條通風管，有成就的人必有敵人，唯有敵人口吐真言。文人相輕，「各以所長，輕其所短」，你正好乘機會以人之長、補我之短。

我們唯一的導師、唯一受造就的機會，就在敵人，所以基督說「愛你的仇敵」。

並不是每一個口出惡聲的都是敵人，抹黑，醜化，只是妄人；造謠，謾罵，只是小人。「敵」者，相等也，相稱也，相上下也，相生剋也，他得有一定的水準，配得上你。人生在世，不但選擇朋友，也選擇敵人，朋友難得，敵人也許更難得，「相敬如賓」之外，也許可以增加一句成語，「相配如敵」。

再看艾瑞克．拉森這句話，「要有一個值得信賴的朋友或親人，做你文稿的評論者。」也許可以修改一下，「要有一個值得敬重的敵人……」

作家常有的生活習慣

王岫先生介紹美國作家艾瑞克．拉森（Erik Larson）提出的「作家生活十個不可或缺的基本要素」，他的意見很好，不過我還可以列舉幾個項目加以補充，不敢稱為作家「必備的要素」，的確是作家常有的生活習慣。

作家常常陷入冥想之中，冥想是一種必要，可惜很少有人論及。談寫作的人強調讀書思考很重要，此話誠然，但冥想與思考有別，思考是理性的、邏輯的，是既有經驗知識之延長；冥想則身外無物、體內無塵，是既有經驗知識之超脫，箇中滋味，寫詩寫小說的人大都親自體嘗。

冥思也不等於我們常說的想像，而近於《文心雕龍》所說的「神思」，思上著一「神」字，就有了靈氣。當年翻譯基督教《聖經》的人，主張用「神」來指稱那位造物者，反對譯為上帝，正是因為「上帝」一詞的「人味」

太重。我們的「靈感」，也就有人稱為「天啟」。

冥思正是一種「神遊」。杜甫說，他的詩「篇終接混茫」，冥思可能就是進入這個混茫的境界。作家冥想時還沒有作品，怎可說「篇終接混茫」呢？我的解釋是，我們讀書寫作，已知文學中有那些東西，我們猜想文學之中一定「還」有我們不知道的東西，對創作者來說，那些東西不能用尋覓和思慮得來。冥想脫離一切「有」，忽然得到「前所未有」，唯有來自混茫，最後才可以歸於混茫，創新和自成一家，皆由此而出。

除了冥想的習慣以外，作家還有對語言文字的敏感。語言文字是一種符號，代表意義，符號簡單，意義繁複，符號有限，意義無窮，所謂敏感，就是領會了有形的符號背後那許多無形，從字典能夠解釋的那一部分之外、之上，得到許多字典沒有解釋、不能解釋的部分。作家讀前人的作品、聽今人的談吐，有時一字一句使他突然怔住了，他受到撞擊了，他像被蜜蜂螫了一下，有細微到難以覺察的東西進入他的語言系統，產生難以確實描述的反應。

一個作家，他會像像蜜蜂一樣採集這些敏感，產生對語文的狂戀熱愛，不斷發現她的內在美、外在美，增進自己的表現能力。這種敏感也像傳染病一樣，通過作品，引起讀者對語言文字的敏感，提高一國家、一民族的語言水準。語文是越來越精巧越豐富了，想想看，今天的小說語言，比《紅樓夢》、《水滸傳》高明多矣，今天新譯的西方古典文學，也比七十年前的舊譯更使人受用。

艾瑞克·拉森主張「至少要有一個值得信賴的朋友或親人，做你草稿的第一個讀者，當你文稿的評論者，又能公正、恰當地指出你作品中的缺失」。容我引申其說，這位良友，應該就是報刊或出版社的編輯。誰有能力提出意見改進你的作品？應該是一位同行，那位同行願意你能寫出更好的作品呢？恐怕只有編輯，他的職業使他可以和你共存共榮。如果能找到這樣一位編輯，你就要死心塌地、同舟共濟，祈求上天保祐他的公司百年基業、千年繁榮。

作家應該經常關切他的編輯，引為終身良友。如果兩個約會時間衝突，一個主人是縣長，一個主人是主編，他應該捨縣長而就主編。一件禮物合乎兩個人的需要，一個是表兄，一個是主編，他應該送給主編。他有兩本書要看，一本總統寫的，一本主編寫的，先看哪一本？你說。

一個持久寫作的人，他也希望編輯要專業、要內行、要在崗位上持久工作，雙方相輔相成。看五四運動以後的文學史，一個有成就的作家，背後都有一個編輯做他的知音、他的推手。蜉蝣不能成事，壽命太短；蝴蝶不能立業，興趣太多。媒體培養專業的編輯，編輯帶領有恆的作家，可能是今後文學復甦的一個條件。

本文所稱作家，指「狹義的作家」，詩人、小說家之類，此外文學寫作尚有廣闊的天地，本文不能概括。

四餘讀書記

古人「三餘」讀書：夜者晝之餘，雨者晴之餘，冬者歲之餘，我加上一條：「老者生之餘」，故曰四餘。

品味知味

王成勉教授講學荷蘭，他在傳道授業之餘寫了一系列散文，發抒他對客地的感受，後來結集成書，取名「品味荷蘭」。他捨棄素描、掠影、留痕、巡禮等詞彙，訴諸味覺，咱們可就有話「接著說」了。

我們常說文學作品批判人生、詮釋人生、反映人生，思想起來，品味人生也是很好的態度和角度，讀者覺得更為輕鬆而貼心。中國人味覺發達，能把一個「味」字由低級感官上升到美學，讀者不能和作者同步品味人生，可以於事後品味他的作品，味覺的享受固不遜視聽之娛也。

王成勉閒說荷蘭，拈出「品味」二字，荷蘭的小巧、精緻、清潔、雋永躍然紙上、沁人心脾。我一向勸人小說成書不宜太薄、散文成書不宜太厚，《品味荷蘭》一五〇頁，編排得一「雅」字，風格相得益彰。荷蘭以盛產鬱金香知名，世上百分之七十的出口鮮花來自荷蘭，此處面積小、色彩豐富、環保考究，是個「可口」的地方。他文筆乾淨、心地光明，想見人到荷蘭，陽光燦爛，視野開闊，心中雖有未了事，仍是人間好時節。他寫荷蘭歷史、文化、民情、風俗皆疏朗瀟灑，寫赴宴、理髮、遇小偷、上教堂、騎單車、逛舊貨攤皆從容幽默，讀來入口即化，不反胃，不打嗝，不沾牙。讀到最後「能夠感謝其實也是一種幸福」，味如回甘……並非回「甜」，甘旁無舌，已超出感官。

文學理論巍巍乎高哉，多數讀者的願望很平實，只求「有味」。平淡無妨，只要淡而有味。辛辣未必有味，辣得不能入口仍是失味。南海有逐臭之夫，西洋人吃起士，中國人吃臭豆腐。大概味覺也像聽覺，人的接受能力有上限下限，只要規約在某個範圍之內，都是好料。若要舉例，辣而有味，南方朔也；苦而有味，三毛也；鹹而有味，楊牧也；甜而有味，瘂弦早期的詩也；酸而有味，余光中晚期的散文也。臭而有味最難，最令人佩服，但舉例必定引起誤會。

小說家朱天心、朱天文姊妹俱被納入張愛玲譜系，但「味覺」並未重複，大朱如橘，小朱如橙。朱西甯、司馬中原俱以「鄉土」見稱，朱西甯如大閘蟹，司馬中原如鮭魚。魯迅的作品絕對影響了張天翼，讀前者如吃核桃，讀後者如嗑瓜子。我讀梁啟超時聯想胡適之、梁如羹、胡如湯。梁實秋、陳西瀅風格相近，梁如蓮子，陳如松子。我讀王成勉聯想沈君山，王如椰子汁，沈如清茶。

愧我此生，抗戰八年只是狼吞虎嚥，內戰四年味蕾麻木，人到臺灣患了偏食病，總之距離「知味」很遠。聯想錢夫人楊絳熬過大劫大難，猶能寫出五味調和的《幹校六記》，非人人可及。

細品劉荒田

劉荒田先生的文章一向很長，在「大散文」這個名詞出現以前，他已躬行實踐，海外華文發表園地狹窄，他的長文源源刊出，十年不絕，吸引了多少文友的注意力，以致把他寫的「小品」忽略了。最近他把「美國小品」選出一七六篇輯成新書，令人睜大了眼睛看他的另一面文采。

網絡時代，「短文」越來越多，「小品」卻越來越難得一見了。小品是秋水文章，純淨與密度並存，單一與完整並存，坦蕩與餘韻並存，它不是未完成的長文，也不是長文中的一段或局部，更不是長文的提要或縮小。這種作品多了些美感、少了些意見，多了些靈性、少了些煙火，許多人在國內辦得到、出國以後辦不到，閒暇安逸中辦得到、辛苦忙碌中辦不到，甚至有人說，古人辦得到，今人辦不到。我很奇怪，劉荒田為什麼總是辦得到。

說到古人，我馬上想起張岱的〈湖心亭看雪〉，沁心透肌，相見恨少。有人說張岱已是後浪，想想蘇東坡的〈記承天寺夜遊〉，無意成文，自然成文，妙手難再。有人說坡翁已在中流，向上追溯，可以找到《論語》中弟子曾點言志，若無閒事掛心頭，便是人間好文章。淵源如此，何以為繼？難免求之於今人，劉荒田在小品中有大成。

我對「劉氏小品」發現較晚，因緣始於他的〈海上看煙火〉，乍見題目，這篇文章好難寫，必須寫海、寫煙火，還得加上夜景，如鼎三足，不能跛腿，網路短文最缺少寫景的能力。他寫夜景有新意，「霧氣起了，鑲嵌在水邊的燈火分了層次，高處的超越了霧，財大氣粗地放著鑽石般的光明。」這是生活在資本主義大都看見的美。「前方不遠處一艘大輪，燈光的繁密，只有拉斯維加斯賭場外的夜可比美。這人造的豪華，落在大海深刻而嚴峻的黑色中，在荒誕裡別有徒勞的壯烈。」這是受現代主義啟發才有的擬人和移情。有這樣一支筆，可以寫小品了。

主題是煙火，看他主角登場，「人就在煙花中。大大小小的船隻圍著的半圓，是煙花所覆蓋的空間、煙花的雨網，把我們罩起來。頭頂上，色彩的飛翔、圖案的開謝，整個過程觀者也納入其中。」這一段倒也尋常。「一樣迸射，一樣絢爛，一樣黯淡，一樣死亡。」這就是驚人之句了，煙火以最短時間演示「生變異滅」的現象，整個審美過程似摹擬的輪迴，這境界就大了。「觀者的影子能到達水下，被黑暗吞噬，好在再黑的海水也有光亮。煙花卻在空中消失，散在水面只有熄滅後的碎屑。在無聲無息地針砭肌膚的海的力量下，茫茫的霧中間，人工的曇花在上，我們是夾縫的旁觀者、享樂者，也是受難者。」三種身分錯位，別有天地。

用曇花比喻煙火之後，文勢似已收束，沒想到奇峰最後聳起，「夜裡，我夢見張先生家的曇花開了。」虛實互依，我想起東坡先生〈後赤壁賦〉飛鳴而過的仙鳥，以不結作結，無人能續，但覺無限依依之情。

以後我就不肯錯過他的「千字文」了，他有「繞過」前人的能力，文學道路上泰山一座又一座，今人總得往前走，不能「仰止」了事。劉荒田在這方面有成就，例如他寫行人遠去，送行的人還在盯住背影，「遠行人甚至會感到，背上兩處圓點，一似拔火罐般熱著，那是對方的目光所凝聚。」很精采！「揮手自茲去，蕭蕭斑馬鳴」、「欲問行人去那邊，眉眼盈盈處」，都沒擋住他。他寫山茶花謝了，「無論正反，都端端正正地坐著，一似如來佛祖的蓮座。」「籬後的花，早上都成了向著太陽吹響的軍號，傍晚落在黑色的泥土上，也這般端端整整地坐著，坐成展翅欲飛的紫蝶，坐成打坐的仙家、冥想的哲人。清晨的露珠在落花上閃著，那光彩和或然率所賦放的鮮花一般驕傲。」「花瓣就這般坐著，直到變黃、變黑、變成泥土。它的最後章節，沒有悲哀，只有神聖。」這就繞過了「化作春泥更護花」、「落花猶似墜樓人」，有自家風貌。

這些小品多半每篇八百到一千字，尺幅之內，舒卷自如，落筆時一點擊發，四圍共鳴，觸機成文，訴諸悟性。無因果，有縱深；無和聲，有高音；無全景，有特寫；無枝葉，有年輪。他取材廣泛，向外則山川草木天地日月皆是文章，向內則心肝脾肺脈搏體溫皆是文章，取之不盡，用之不竭，不涸乾，無壓力，多瀟灑，有生機，海生潮，雲生霞，花生蝶，熟生巧，美連連，意綿綿，文心生生不已。

這位廣東才子上山下海，呼吸過靈秀之氣，再經西化打磨加工，天意造就一顆魁星。當然他還要繼續前行，還有一些人要繞過，也許包括他自己。

散文的「四有」

我多次被人問起怎樣寫出很好的散文，這些年我總是引用張春榮教授的話來回答：散文要「言之有物、言之有序、言之有趣、言之有味」。這是他在〈修辭新思維〉中指出的方向。大概是因為引用的次數很多，有人當作了我的主張，乘此機會聲明：我每次引用都註明了出處。

言之有物，文章要有主題內容；言之有序，文章要有組織結構，這兩條容易明白。「言之有趣，言之有味」，倒是有些費解，「趣味」連成一詞，我們用熟了、用慣了，認為這是一件事物，「四有」之說一出，提醒我們「趣味」也和行動、明白、清潔一樣，兩件事物合成一個大範圍，同中有異。

「趣」和「味」有什麼分別呢，依我體會，趣在當時，味在事後。妙趣橫生未必回味無窮，越想越有味的故事講出來未必有哄堂的效應。研究喜劇的人介紹過來一個名詞叫「笑點」，這個「點」就是刀口上、節骨眼，快一秒慢一秒，增一分減一分，都不能發生喜劇效果，「趣」就是這樣一個

「點」。

「味」是一條「線」，僅僅有趣也能流傳眾口，它有折舊率，能產生免疫力，所以有些笑話我們不想再聽第二次，「味」則是一種祕密的得意，深藏心中，反覆玩索，歷久彌新。所以我為「四有」作註，「言之無趣，行之不廣，言之無味，行之不久」。

「趣」和「味」在四有之中占了兩條，可見張教授情有獨鍾、力有專注、見有獨到，也可見要想做到，難度很高。以我體會，「有物」和「有序」偏重功力，有趣和有味恐怕屬於風格神韻的範圍，偏重自然，作者他得先是一個有趣有味的人，而且他得能夠分別什麼是高級趣味，什麼是惡趣、劣趣、肉麻當有趣，慎勿因追逐趣味墜落了文格。

借詩說話

北美作家黃美之女士，早年在臺灣牽入孫立人案，一代風華，無情消磨，去年正式平反。她用中華民國政府發給的冤獄賠償金，成立了「德維文學協會」，推廣華文文學。首先，她邀請詩人心笛、秀陶、陳銘華、簡捷四大家亮出玉尺，編成美國華文作家的新詩選集，書名「世紀在漂泊」。

據卷末介紹，「德維文學協會」之得名，由黃女士從父母的名字中各取一字而成，它的英文譯名是「Way」。這個譯名恰恰譯出中文原名的疊韻，也進入「德之四維」的光圈，字典還說，「Way」的意思包涵了空間和自由，似乎隱含著慶祝黃氏姊妹否極泰來，祈願華文文學前景開闊，一字多義，真是語重心長。

《世紀在漂泊》共收了北美華人二十九位作家的一一六首詩，臺灣背景者十八人，中國大陸背景者七人，其他海外背景者四人。出生於一九四〇以前者十五人、以後者十四人。文杖詩囊，隨緣漂泊，長嘯低吟，留待知音，很能從每一個角度呈現中國人「漂泊」的樣相，顯現黃女士和四位編委共有的大關懷。

詩選產生的「遠因」雖然有一個大冤獄，詩選產生的「近因」卻是澄明的藝術欣賞，所選的作品，沒有一首一句「借他人酒杯，澆自己塊壘」，缺憾還諸天地以後，道路，空間，自由，還有藝術，都無我。如此境界，十分動人。

從某種意義上說，我們每個人都有自己的「冤獄」，而且從無平反和賠償，如何沉澱、過濾、蒸餾、昇華，「德維文學協會」是個成功的例證。詩人有他的Way、有他的境界，不肯留在原地咒詛呼喊。道道相通，我們亦復如是。

摺疊著愛

我在小病時總是讀詩，讀朋友的詩。這是我逃避壓力糾纏的時候，我不讀小說；這是我厭倦鴻詞雄辯的時候，我不讀散文。詩能使我的靈魂帶動肉體，朋友的詩又添上一份安全感，哪怕是不很熟的朋友。

最近讀了詩人畫家席慕蓉女士的詩集《我摺疊著我的愛》。起初我以為摺疊是遮蔽的意思，後來知道不然，她的註解是：

蒙古長調中迂迴曲折的唱法，在蒙文中稱為「諾古拉」，即「摺疊」之意，一時心醉神馳。初夏在臺北再聽來自鄂溫克的烏日娜演唱長調，遂成此詩。

原來「摺」是百褶裙、「疊」是陽關三疊。我想起這種反覆遞增的音樂性，我已在她的〈有一首歌〉裡領受過（一九八三），那是在公元兩千年她溫習大蒙古文化之前，如今甘居後知後覺，也算是「一切光榮歸於原鄉」吧。

席教授對蒙古的熱愛，曾是此間文友最關心的話題。懷鄉曾是一九五〇年代臺北文壇的主旋律，作家久矣不彈此調，我在一九八八年出版《左心房漩渦》，有人笑我大器晚成。「還鄉」使許多作家失去詩心，席慕蓉卻因還鄉而大大的改變了她的詩風，提高了詩的境界，她的詩似乎不再是「貼近掌心暖暖的一杯茶」，急轉為高寒的「冰荷」，這首詩的沉鬱有過於「天寒翠袖薄，日暮倚修竹」，帶著陳子昂登幽州臺的回聲。

這位大詩人經過直抒胸臆的散文書寫之後，詩中不見沙漠、草原、羊群、貴族服飾，有形者有限，出現了許多獨創的隱喻，無形者無限。且看在

〈荒莽〉一詩中，她寫一個遠嫁的女子，像榕樹一般過了一生。至矣盡矣，前無古人矣，一九五〇年代愁雲慘霧裡的鄉愁，於今（二〇〇五）證得清淨法身。

她也許因此喪失了一些讀者，不，應該說是「更換」了許多讀者，但願聞「七里香」而迷醉的知音，於今也跟著升級了。

七十歲的少年

《春天窗前七十歲的少年》，隱地兄最近出版的散文集，封面書名旁邊有他一張少年時期的小照片，與「七十」兩個字並列。乍見之吃了一驚：怎麼你也七十歲了？

打開書本，我的心馬上沉靜下來。

七十歲的隱地，好奇心還沒喪失，求知慾還沒滿足，美好的想像還沒模糊，單純的善意還沒污染，感覺依然豐富而銳敏。他把這一段人生安放在春天的窗前，不是十七歲的春天，是七十歲的春天，也不僅僅是七十歲，乃是

「七十歲和十七歲的合金」。我也有過十七歲，我也有過七十歲，可是我的七十歲中沒有十七歲，而我的七十歲在十七歲時就出現了。我仔細讀了隱地這本書，吸收其中的經驗和境界，我需要補課。

這位「七十歲的少年」，用追念的語氣提到多位作家，我讀來最是親切有味，也喚起我無量的聯想。他慨嘆劉枋大姐去世，新聞媒體沒有報導，文友也僅有丘秀芷女士一篇悼念的文章。我想起小說家南宮搏生前交遊廣闊，一九八三年去世，我費了許多力氣，只找到阮毅先生有篇文章弔他。某大亨去世，悼念文字有百篇之多，我一一拜讀，達官貴人寫的固無論矣，根本是祕書簽辦的公文，作家寫的竟也都是陳腔濫調、虛應故事。而今人情淡薄，弔輓之詞已非文人發抒真性至情的題材。

隱地兄寫他兩次參加街頭的群眾運動，一次有五十萬人，還有一次人數更多。記得當時消息傳來，我很擔心，根據我的「大陸經驗」，這樣的場面凶險，可是連一雙鞋子也沒擠掉，我慶幸人民大眾成熟了。當年我寫下「遊行示威是這一代的瘟疫、下一代的勛章」，幸而言中了，我珍惜隱地兄留下的文學紀錄。

全書讀完，試作七絕一首題於卷末：

畫滿春窗歌滿絃，
文心落紙有新篇。
時人不識余心樂，
將謂精勤比少年。

「一九四九」三稜鏡

最近臺灣有許多人寫文章，談論一九四九年前後中國發生的事情，揣測緣由，也許是共和國慶祝開國六十年引起。湊巧臺灣在這一年之內有三本書問世，都與「一九四九」有關，它們被人相提並論。一本是齊邦媛教授寫的《巨流河》，一本是龍應台女士寫的《大江大海一九四九》，還有一本是我的《文學江湖》。

主編希望找作家談談這三本書的內容、這三本書反映的時代背景，以及它們的寫作技巧，提供讀者增添話題、褒貶春秋，用意甚美。既然我是三本書的作者之一，似乎應該婉謝召喚，但是我讀了《巨流河》和《大江大海》，有很多感受，希望與同仁共享，這麼一個發表的園地可遇難求；再說我也自信在「得失寸心」和「旁觀者清」之間能尋求平衡，終於還是擔當下來。

用「一九四九」做這三本書的標籤，它是個很籠統的時間觀念，上溯八年抗戰「中國慘勝、日本慘敗」，下及臺灣的高壓統治、生聚教訓。如果用我書中的話來表示，那就是「我們怎麼會到臺灣來，我們來到臺灣又怎麼樣了」。在這裡，「一九四九」是一個符號，代表一個複雜漫長的過程，我們可以聯想文學家常說的「三〇年代」，它也是一個符號，幾乎可以由五四運動說到抗戰勝利。

話說一九四九這年，國共內戰第四年，中共領導的解放軍渡過長江，席捲南中國，並在西北和西南取得完全的勝利。這年十月，中共主導的共和國正式成立，十二月，國民黨主導的國民政府退守臺灣，大批軍民隨行，形成近代史上罕見的集體遷徙。史家說，共軍以三年零九個月的時間，奪得全國城市的百分之五十一，然後以半年時間，奪得其餘百分之四十九，第四年進展神速，以致談說那一段時局的人言必稱「一九四九」。

「一九四九」之後，臺灣出現保密防諜「白色恐怖」，中國大陸出現「鎮壓反革命」、「反右」，乃至文化大革命，這就對「除舊布新」的關鍵時刻「一九四九」，形成不可承受之重，全國蒼生各有「夜半心頭之一聲」。《巨流河》、《大江大海》、《文學江湖》三本書的作者都是臺灣「外省人」，三人的視角有廣有狹，在大陸的論者看來，總是出走者流亡者的口吻，龍應台女士更坦率的表示，她寫出「失敗者的故事」。三本書的局限在此，三本書的貢獻也在此，今日何日，中國人應該對下面這一句格言深會於心，「只讀一本書的人是可怕的！」至少我們住在自由環境裡的人要滿足求知的欲望，日知其所亡，補修學分，多出來三本書比當初只有「一本書」好，當然，以後再有三本更好。

先說《巨流河》，這本書可以說是齊邦媛教授的自傳，雖然書名並無明白標示，封底介紹告訴我們這是「家族記憶史」、「女性奮鬥史」，因此要了解這本書的特色，就得了解齊教授的經驗閱歷。她是遼寧省鐵嶺縣人，鐵嶺在瀋陽的外圍，巨流河從中間流過，這條大河今名遼河，在著作者心目中，它是東北的「母親河」，以河名為書名，可見懷鄉的心情。當然這個名詞的意義延伸了，暗指洶湧的時潮、遙遠的跋涉，也許還有一往直前、惟精惟一的學術生涯。

齊教授先由她的故鄉和家世寫起，對她的父親齊世英先生著墨較多。齊公早年留學日本、德國，思想新穎，回國後想改革東北三省的軍政，參加了東北將領郭松齡領導的兵變，打算推翻當時東北的軍閥領袖張作霖。巨流河一役兵敗，郭將軍被殺，齊老先生帶領家人流亡，多次改名換姓逃避追捕。齊教授的文筆銳敏、深沉、細膩、簡練兼而有之，我們開始看見全書的風格。齊老先生痛惜兵變失敗，否則中國東北以後的變局、亂局、危局也許不會發生，表達了東北人獨特的史觀。

以後她歷經九一八事變、西安事變、七七事變、勝利後的國共衝突和全面內戰，書中甚少正面表述。到了臺灣以後，對高壓統治、省籍觀念、改革運動（儘管她的老太爺參加了此一運動），乃至政權輪替，也都表現得淡然，甚或漠然。「曾經巨流難為水」，她的敘寫貼近這條主線，也就是她家無休止的漂泊，她說：「我的故鄉只在歌聲裡。」這首歌就是流亡三部曲第一首〈我的家在東北松花江上〉。由於齊老太爺是重要的政治人物，齊家每一次流亡都是政局變化造成，「在我生長的家庭，革命與愛情是出生入死的！」國運家運，密切相連，一部中國現代史也就在她個人遭遇中隱隱現現、揮之不去。但是她把這本書寫成濁水中的青蓮，不垢不染。

《巨流河》中的父親，可能是中國現代文學作品中最成功的形象，齊老一生率領志同道合的人出生入死，國而忘家，最後都被大浪淘盡，書中說「那些在我的婚宴上舉杯為我祝賀的人，也是我父親晚年舉起酒杯就落淚的人」。這句話我拭淚重讀，暗想今世何處再找這樣重道義而有性情的領導人。現代作家寫母親寫得很多，也寫得很好，寫父親就寫得很少，也很難寫好。雖然齊府這位老太爺散見於本書六百頁之中，並非集中獨立成篇，但讀者自行「拼貼」，如在其上，如在左右。

書中還有一位可能在文學上不朽的人物，他叫張大飛，是中國空軍的飛行員。

張大飛原名張大非，他的父親在東北做警察局長，多次掩護抗日分子脫險，終於被日本特務發覺，處以極刑，行刑的方式是澆上汽油活活燒死。張大非承受這種致命的打擊，流亡關內，經東北人創辦的流亡中學收容，得齊府溫情照顧。他後來投考空軍官校，成為一名傑出的飛行員，選入陳納德將軍領導的第十四航空隊服役，對日作戰。國仇家恨使他刻意選擇了這個最危險的職務，他認為只有空軍才可以飛臨敵人的陣地、後方，乃至本土，進行最直接的攻擊。

初中時代的齊教授就和「張大非」是玩伴，直到大學時代「張大飛」殉職為止，兩人見面不多，通信無數，齊教授在書中稱張大飛為筆友，張大飛是「小女生不敢用私情去褻瀆的巨大形象」。或者讀者可以想像，兩人由「無猜」到「眼波才動被人猜」，年齡與情緒同步，在那個時代，青年人的情意頗似中古時代的騎士與公主，總是形跡甚遠、心靈甚近，幾乎可說是一種宗教情懷。他們最後一面，張大飛在出動執行任務之前突然出現，幾乎是匆匆一瞥，立即登上吉普車絕塵而去，這一面淡淡白描，讀來卻令人迴腸蕩氣。這一次張大飛升空作戰，沒有再回來。

張大飛屢立戰功，出師雖捷，身仍先死，他在河南信陽上空殉職，未能親見抗戰勝利。書中寫張大飛噩耗用淡墨，後來寫張大飛殉職兩週年紀念，讀者就在作者的含蓄內斂之後，感受到巨大的反作用力。張大飛自知必死，「深恐多情累美人」，正是情深之極。大學讀書時代的齊邦媛經過眉山，想起蘇東坡，她在東坡先生的詩詞中想到的是「十年生死兩茫茫，不思量，自難忘」！直到本書末章〈印證今生〉，猶有一段寫的是到南京「空軍抗日烈士紀念館」看張大飛刻在紀念碑上的名字，可謂伏脈萬里。書中凡有「張大飛」三個字出現之處，文字雖少，張力飽滿，不盡之意如煙雲滿紙。有人把所有寫到張大飛的地方，雖隻字片語也用紅線畫出來一再重讀，我猜想這一段故事會有人拍成電影，使現代人重新認識「純情」。

齊教授到了臺灣，以全書一半的篇幅寫她的教學和研究生活，在此以前，她像「文人」，自此以後，她是「學者」，後來成了國際知名的學人，國之大師，農工商學兵皆稱「齊老師」而不名。看她才情功力、專注有恆、轉型直上、得來匪易，寫自傳逢到這樣的大轉折，難度尤高。我讀過許多學者教授的傳記，幾乎都是一寫到他有了學問、成了權威，文章就平板枯澀，只能供專業人士做參考書了。《巨流河》流到哪裡都是一條奔騰的河，沒有斷裂，沒有淤塞，沒有乾涸，她寫教學、研究、出國開會、學校的行政工作，都仍然是優美的散文，她的修辭考究、氣度高貴，有人說源自英國散文的傳統。娓娓道來之後，她善用「曲終人不見，江上數峰青」的手法，把敘事拔高到抒情詩的境地，悠然作結，令人神馳。

數十年如一日，齊老師教出許多優秀的學生，其中有人現在執臺灣文壇的「牛耳」。她教學之餘又寫了許多書評書序，稱道作家的成就，字裡行間並以巧妙的方式啟示作家如何精進，作家受惠多半不曾自覺，這就是春雨潤物無聲。然後她再透過英譯，把這些佼佼者介紹到西方去。有人說她是「臺灣現代文學的知音」，在我看來，她更是文學的保母、律師和教師。一九四九年以後，文學在大陸為絕學，在臺灣為顯學，臺灣有善可陳，齊教授有功可居，臺灣是「小國」，只有文化能使小國變大。她推動臺灣現代文學的發展，影響深遠，她得到的感謝比她應該得到的要少。陳水扁和馬英九前後兩任總統都曾授勳給她，算是社會有自動彌補的功能，不過她在書中隻字未提。

再說《大江大海》，龍局長的寫法完全不同，她年歲較輕，沒有「一九四九」的直接經驗，不能以自己的生活為主線「串連」破碎的歷史，她的這本書並非一般自傳。正因為如此，她也得到充分的自由，可以任意選材，她可以寫蘇聯保衛列寧格勒的戰役、可以寫澎湖流亡學生的冤案，她寫臺灣發生二二八事變，國軍怎樣殺戮臺灣居民，也寫解放軍中的臺籍官兵，在上海戰役中怎樣以「屠殺」討還血債。她以「紀曉嵐式」的敏捷博覽群籍、吸取精華，而且一件事情若有兩種不同的記載，她選擇那最能激動人心的說法，不受「親身經歷」的過濾。

大體而論，她幾乎是以專欄記者的方式工作，以殷勤採訪擴大外延。資料說，她「走過三大洲、五大洋，耗時三百八十天，從父母的一九四九年出發，看民族的流亡遷徙，看上一代的生死離散，傾聽戰後的倖存者、鄉下的老人家，認真梳理這一段歷史」。我佩服她能找到我們找不到的人、問出我們問不出的話，驚訝她的文筆激情淋漓，使訪問發生化腐朽為神奇的效果，所有的資料都因此變成了第一手，她以「訪問」創造了自己的一九四九，條條江河歸大海，於是波瀾壯闊、氣象恢弘。

龍女士長於取材（或者說是取才），可看她訪問瘂弦和管管。這兩位詩人都擅長說故事，但是很少「露一手」，我以白頭宮女寫天寶舊事，曾向他們兩人中的一位請教，答覆是「不記得了」。龍局長循循善誘，喚醒他們的回憶，直接記錄他們的談話，單獨完整成篇。他倆的自述一如其詩風，瘂弦感傷而甜蜜，管管冷冽而幽默，既未神化自己，也未醜化「別人」，只見真性至情。標題說「管管你不要哭」，政論家張作錦先生在他的專欄中表示，過來人都難免一哭。淚有盡而情無盡，我想起龔定庵的詩，「來何洶湧須揮劍，去尚纏綿可付簫。」瘂弦、管管的詩就是他們的簫聲。

這本書人物眾多、立場分歧，許多隔離的環境、斷裂的經驗難以互相銜接，龍局長以「時空交錯跳接」的手法處理，效果良好。她寫每一個人都盡量貼近那人的心，為那人代言，近乎國畫山水的「散點透視」。她沒有直接經驗，也就沒有包袱、沒有框框，天下人的「一九四九」皆我註腳，坐在旋轉椅上掃瞄眾生，「左中右獨」都感受到她關注的眼神。她的這本書打破了今日書市的兩大「迷思」：有人說今日臺灣的讀者不看過去發生的事情，《大江大海》寫的正是他們所說的「中古史」；有人說臺灣的讀者只關心「本土」發生的事情，《大江大海》主要的內容是「異域」禍福。

本書的「活潑」可從一隅反三，例如開始敘述時，訪問者是「你」，被訪問者是「我」，這時訪問者尚在做預備工作，先寫出被訪問者內心的獨白，這或者是使用了「全知觀點」，也或者是使用所謂第二人稱（其實第二人稱仍是第一人稱），總之顛覆了訪問紀錄的一般形式。接下去書寫被訪問者的經歷，改用第三人稱，一大段「他」如何如何，或者可視為訪問者不加引號的轉述。這一章結尾時第一人稱出現，原是「我」來寫「他」，一個年輕人記下一位年長的經歷。有人嫌這種章法太散亂了，我勸他觀摩龍局長怎樣化短為長、後出轉精。

《大江大海》暢銷大賣，讀過這本書的朋友互相詢問「你哭了沒有？」。有人說他讀這一段哭了，有人說他讀那一段哭了，恕我直言，現代人的心腸不同，「古今多少事，都付笑談中」，而《大江大海》能使他為「歷史」泣涕！我經過有限度的調查比較，「聽評書流淚」的仍是年長的人，他所以要「哭」，因為他看到與自己血肉相連的那一段。恕我多問，你是否也為「別人」的災難傷心？一位臺灣本省籍的大人物，公開稱讚龍應台，「她以外省人看見了本省人的傷痛」，他說對了，我想打聽一下，這位大人物是否下面還有一句，「我以本省人也從書中看見了外省人的傷痛」？如果有這一句，他這個人物就大上加大了。我聽說中國大陸下令把《大江大海》禁掉了，為什麼？掩面不看「別人」、「外人」的傷痛嗎？這是小人物做出來的決定吧？咳！天下沒有不是的讀者，我們只有反求諸己，今後要寫出更「大」的作品，幫助他們成為更大的人。

最後我得寫出最艱難的一段，說一說我自己的《文學江湖》。作家的大忌是對賓客談論自己寫的書，作家的癖好也是對賓客談論自己剛出版的書，箭在弦上，姑且少談幾句，知我罪我，其惟讀者。

面對一九四九，不揣冒昧，我覺得我也是一個有資格的敘述者，我也有敘述的責任。一九四九年，「解放戰爭三大戰役」中的兩個我躬逢其盛；這年五月，上海撤退，我也是滾滾人流中的泡沫。一九四九之前，種種前因；一九四九之後，種種後果，其中也有我的言語造作。

《文學江湖》開卷第一章，我在基隆碼頭登上陸地，從此以寫作維生，我親歷廣播、民營報紙、電視三大媒體在臺灣的成長，得見當時創業者的胸襟才略，略知背後的時代潮流和政治因素，我寫出來了，這些內容，寫新聞史的人無暇顧及。我因「歷史問題」被治安機關長期關切，熟悉「他們」的想法和作法，我寫出來了，有異於泛泛皮相之談。那些年，高壓手段，自由思想，民主運動，各有運用之妙，我寫下我的思考與體會。反共文學，現代文學，鄉土文學，我一一經心過眼，事後的論者先有成見、後選證據，許多事實湮沒了，後來的論者以前人的著述為依據，難增難減。我的文章有其「獨到」之處，補偏救弊則吾豈敢，聊備一格分所當為。

不幸或者有幸，那一段歲月無論在朝在野都想以文學為工具，我雖未捲入漩渦，畢竟弄溼了鞋子，因此得到許多「自傳」的材料。有人引用兩句詩給我看，「網中無意成蝦蟹，治世何妨作爪牙。」我啼笑皆非。用我自己的比喻，就好像看戲一樣，我的位子在最後一排，舞臺的燈光也不甚明亮，我沒能看得十分清楚，可是到底也看過了。我是退潮以後沙灘上露出來的螺，好歹也是在海水裡泡過的，錐形殼內深處殘存濤聲。我並非最有資格發言的人，也並非全無資格發言的人。

我寫文章要滿足三種要求：文學的要求，媒體的要求，讀者大眾的要求。以我今日的境況，三者缺一，文章休想見人。寫了一輩子文章，《文學江湖》實在是我最難處理的題材，我接受這個考驗。在爭名奪利、互相傾軋的人事困擾中，我能寫出「天下事都是在恩怨糾纏、是非渾沌中做成，只要做成了就好」。我在特務工作者的觀察分析下生活，我能寫出「他們是我的知音，世上再無別人這樣關心我的作品」。困頓三十年，我能寫出「我是中國大陸的殘魂剩魄，來到國民黨的殘山剩水，吃資本家的殘茶剩飯」，如此修辭來取得平衡。絕交無惡聲，去臣無怨詞，骨鯁在喉，我能寫出「魚不可以餌為食，花不可以瓶為家」。百難千劫，剩些斷簡殘篇，常常想起賈島的詩，「二句三年得，一吟雙淚流。」

一本作品就是那個作者的世界，我的世界是江湖，江湖的對面是臺閣、是袍笏冠帶，我見過；江湖的對面是園林、是姹紫嫣紅，我遊過；江湖的對面是學院、是博學鴻詞，我夢過，這些經歷並未改變江湖的性質，只是增添了它的風波。一九五〇年代我們曾說：「只有殺頭的文學，沒有磕頭的文學；只有坐牢的文學，沒有做官的文學；只有發瘋的文學，沒有發財的文學。」錯了，文學也磕頭、也發財、也做官，只是在江湖中只有殺頭、坐牢、發瘋。今日反思，我在一九七九年離開臺灣的時候，已經是個犯人或病人。

我想，這三本書最好合讀，如看三稜鏡，相互折射出滿地彩霞。依照主編的設計，我得嘗試將這三本書做一比較，大處著眼，先說三書的結構：《巨流河》材料集中，時序清晰，因果明顯，不蔓不枝，是線形結構。《大江大海》頭緒紛紜，參差並進，費了一些編織的工夫，是網狀結構。《文學江湖》沿著一條主線發展，但步步向四周擴充，放出去又收回來，收回來再放出去，形成袋形結構。

齊老師慨乎言之，東北發源的巨流河，注入臺灣南部的啞口海。她的巧思真不可及！陳芳明教授說過，大戰結束，版圖重畫，臺灣人「失語失憶」。在齊教授看來，一九四九以後外省人也漸漸失語失憶了。世事無常，你看「啞」字有口，「你們如果閉口不說，這些石頭也要呼叫起來！」無巧不成書，《文學江湖》有一隻口，《巨流河》有兩隻口，《大江大海》你也可以把「海」字半邊看成兩隻聯接的口，可以看見口中的三寸不爛之舌。《巨流河》欲說還休，《文學江湖》欲休還說，《大江大海》語不驚人死不休！《巨流河》是無意中讓人聽見了，《文學江湖》故意讓人聽見，《大江大海》就是面對群眾演說了。

另一巧合，這三本書的書名都有那麼多三點水。「抗日靠山，反共靠水」，鐵打的國，流水的家，多少人家在時代的怒海狂濤中滅頂。書中有許多「水」的意象，逝者如斯夫不捨晝夜，澗溪赴海料無還！書中有許多「淚」字，抗戰時期有人說，鮫人淚化為明珠，戰士的淚化為子彈，此一時也，彼一時也，今日已無此豪言壯語。《巨流河》詠歎時代，《文學江湖》分析時代，《大江大海》演繹時代。水哉水哉，聚之則為淵，放之則為川，醞之可成酒，如今是「風雨一杯酒，江山萬里心」了。

溫庭筠的〈望江南〉「梳洗罷，獨倚望江樓。過盡千帆皆不是，斜暉脉脉水悠悠，腸斷白萍洲」。有人說，如果寫到「過盡千帆皆不是」就停止，那有多好！有人說「斜暉脉脉水悠悠」是名句，最後一句多餘。有人說「腸斷白萍洲」這一句把前面各句蘊積的情感完全釋放出來，這才搖盪心靈。也許齊老師寫到「過盡千帆皆不是」就翻過一頁，也許我寫到「斜暉脉脉水悠悠」才另起一章，也許龍局長連「腸斷白萍洲」也一吐為快，三書風格大抵如此。

王德威教授以長文評介《巨流河》，他稱這本書「如此悲傷、如此愉悅、如此獨特」。容我照樣仿製，《巨流河》如此精緻、如此雅正、如此高貴。《大江大海》如此奔放、如此豐富、如此變化。我的那一本呢，我也只好湊上三句：如此周密、如此老辣、如此「江湖」！

輯四

教外別傳十三篇

盼望宗教合作的時代來臨

唐朝的吉頊和武則天有過一段對話：一桶水，一堆土，會發生衝突嗎？不會。水加土和成一灘泥，泥中會發生衝突嗎？也不會。若是把泥拿來做一尊佛、一尊玉皇大帝呢？那就要發生衝突。

宗教衝突是一個很複雜的問題，我們不做研究，沒有學問，藉著吉頊和武則天的這一段對話來引導思考，倒也化繁為簡。世人尊崇宗教，本來是為了解決人類共同的問題，但是宗教以「具象」接引信眾，重要的宗教都有自己獨特的具象，信眾進入具象以後，宗教家要你永久停留在裡面，反而把人類分化了！這樣也許能解決一家一姓的難題，不能解決（有時反而加重了）普天普世的難題。海外有人研究為何華僑不能團結，指出「宗教信仰」為原因之一。幾乎可以說，宗教已成為割裂人群、經營壁壘、妨礙大同的最後一個因素。

二〇〇一年九月十一日，紐約兩棟摩天大廈轟然崩坍，造成三千多人傷亡和經濟上的嚴重損失，也預告了宗教衝突的無窮後患。美國總統布希立刻邀請各宗教領袖聚集一堂，為和平祈禱。第二年開始，紐約市長彭博在每年最後一天舉辦早餐祈禱會，邀請各宗教領袖參加。他們似乎覺知天下事無法依賴「一神」降福，各宗教必須異中求同，始而互相包容，繼而分工合作。

我想起一九七五年蔣介石先生在臺北逝世，依基督教儀式營葬，主持葬禮的周聯華牧師在祈禱之前加了一句「史無前例」的話，「請全國同胞各自向你們信奉的神禱告，為總統蔣公祈福。」這句話在基督教內引起軒然大波，卻也給了我許多啟發。我佩服他的智慧和勇氣，我開始覺知一教一派無法包辦人類的救贖，每一家宗教都尺有所短、寸有所長。受眾有機會做其他選擇，任何一教一派無權剝奪此一權利。

我聽說原始社會部落林立，各個部落都有自己的守護神，這個「神」只保祐自己一個部落，而且幫助這一個部落去消滅別的部落，那時候，各宗教之間當然互相敵視、互相咒詛。至今仍有一些宗教，只救某一個地方的人，或只救某一個種族的人，這是「部落的宗教」，信仰這種宗教的人是很可怕的。我猜社會進化，宗教也進化，各宗教同在現代社會中相處，脫胎換骨，但原始經典裡的部落色彩、狹隘的民族主義還殘留在靈魂裡，他們把經文中的部落與部落解釋為今天的本國與外國、把經文中非我族類的外邦人解釋為異教徒和沒有信仰的人，以致殺機仍在、宿仇未解，有些教派仍然以有我無敵而後快。信教的人如果能回顧歷史，就知道這種心態是世界和平人類幸福的障礙。

萬事莫如和平急，我猜宗教對抗的時代應該結束了，我們需要宗教合作的時代。各宗教的經典文本和崇拜儀式不同，經典儀式之後之上的東西可能無異，大家各以自己的說法作法去做和別人一樣的事情。以佛教和基督教為例，成佛好比是你考上了哈佛大學，應該還有很多很多大專院校讓大家受高等教育；上天堂好比你住進了曼哈頓的高等公寓，應該還有很多很多住宅讓更多的人安身，佛教基督教有共同的弘誓大願，兩路分兵進咸陽，西醫治不好的病還有中醫，火車到不了的地方還有汽車，不能坐飛机的人可以坐郵輪。人類有了佛陀，又有了基督，我看是好的。

我甚至認為對佛陀的信仰，可以深化對基督的信仰；對基督的信仰，可以強化對佛陀的信仰。他們的信仰沒有衝突，他們是一個信仰兩種形式，形式為內容而存在，我們順著形式求內容，我們不停留在形式上忘記內容。

當然，任何一個宗教領袖都要謀求本教的延長和擴大，他無可避免要和別的宗教競爭。依我們已有的知識，競爭要「誇張自己的優點，攻擊對方的弱點」，任何一個傳道說法的人都力稱自己的信仰唯一正確、絕對有效。中醫看病還會說「你得去看西醫」，基督教傳道人絕不能說「你去試試佛教」。這是他們的苦衷，我們可以理解，但是我認為這是可以改變的，他們吸引信眾穩定信仰還可以有更好的方法。培養宗教人才的學院應該增加新的課程。

很可能最大的障礙仍在經典內容，歷史在他們之間造成很深的鴻溝，各宗教的領袖都是往昔拒絕互相見面的人物，今天能夠坐在一起吃飯祈禱，也能在低層次的技術性事務上合作，例如救災，這是很大的進展。但是經典中唯我獨尊、排斥異類的文字猶在，目前只是存而不論，「半部論語治天下」。如果埋藏起來的種子未死，隨時可能發穿破土，我擔心他們尚未覺知，他們好比是鋼琴手、提琴手，或者鼓手，誰也不該規定世界上只准學一種樂器，他們要合起來演奏交響樂。

聖嚴法師說過一句話：宗教經典中如有妨礙世界和平的文句，現在要重新做出詮釋。他這個意見很重要，可惜沒有得到重視。如所周如，基督教在舊約時代，上帝只救以色列人，「部落的宗教」色彩濃厚，但耶穌重新做出詮釋，「世人都是上帝的兒女」，都是救贖的對象、天家的成員，基督教進入新約時代，這才成為人類的宗教。

我還記得，耶穌本來有反抗的精神，他提出好幾個煽動性的口號，例如「那殺身體不能殺靈魂的，不要怕他」。他的道路很窄。後來使徒保羅重新做出詮釋，他要教會「順從掌權的，因為權柄是上帝賜予的」，天地就寬廣了。宗教靠殉道者提高、靠妥協者推廣，保羅給妥協者尋找經典支持，對基督教的發展很有助益。

我還記得，當我少小在家之時，佛教對文學創作的看法完全是負面的，世上並沒有賈寶玉其人，你居然捏造出一百萬字來，這是妄語，這是口業，死後要下拔舌地獄。我從圖畫中看見拔舌地獄的景象，兩個惡鬼像拔河，罪人的舌頭拉得很長，根深柢固，欲斷還連，罪人痛苦的面孔和惡鬼猙獰的面孔長期對峙。據說施耐庵的子孫都是啞吧，因為他寫小說。那時候寫文章的人有罪惡感。現在「人間佛教」的說法不同了，文學家、音樂家、美術家能創造出好作品，都是福德；人生在世欣賞好的文藝作品，也是福報。我們聽了如逢大赦、如歸故鄉，覺得佛教很有親和力。

如所周知，佛教一向認為做人和成佛兩者方向不同，修行的人要割斷塵緣，甚至脫離社會，佛門大開可是門檻甚高。等到佛教的發展在近代社會中遭到瓶頸，這才重新做出詮釋。佛法在世間，人成即佛成，修行可以和世俗行業並行不悖，甚至相輔相成，大概除了開屠宰廠。以前佛門即是空門，灰身滅志，現在佛門是大企業，許多人才找到出路，信徒湧入，佛教乃有今日一時之盛。

在很大的程度上，信徒的信仰來自宗教家對經典的詮釋，一個基督徒他信靠的並非是《聖經》，而是某一派神學，神學是對《聖經》有系統的解釋。經典不能改，詮釋可以變，佛門說「用佛法解釋外道，外道也是佛法；用外道解釋佛法，佛法也是外道」。大法官解釋法律，有時等於立法。漢傳佛教有十宗，基督教新教有兩百多個教派，都是「詮釋」造成的，詮釋能造成分歧，也能造成融合；能造成戰爭，也能造成和平。

當然此事非同小可，恐怕要佛教再出一個釋迦、基督教再出一個基督。目前可以先從內部研究著手，希望哪一個基金會將此列為工作重點，鼓勵「學士僧」研究，鼓勵神父研究，鼓勵大學研究所讀碩士博士的人研究，辦一個專門的刊物，發表他們的論文。目前宗教領袖們只要不批駁、不歧視，「看草生長就好」。

宗教與人生

宇宙人生是「存在」，人生有內在、外在，宇宙有明在、暗在。我們常說的精神和物質關乎「內在」和「外在」，人間和天界關乎「明在」和「暗在」。大家在一起讀書查經，這是明在；按照耶穌的應許，聖靈在我們中間運行，這是暗在。反對宗教的人有千言萬語，也不過只承認明在，不承認暗在。

按照理想，人生最好兼顧這「四在」。孔孟規畫人生，由外在求內在，精心安排人與人的關係：父子有親，君臣有義，夫婦有別，長幼有序，朋友有信，稱為倫常。倫，類也，人類也；常，當然也。人生在世應該這個樣子、當然這個樣子，外面的秩序建立起來，每個人的內心就不會有問題。

孔孟的眼睛盯住「明在」，他也承認有「暗在」，但是不肯探究。「未知生焉知死」、「敬鬼神而遠之」、「子不語怪力亂神」，沒有詳細規畫人與神的關係。「天不生仲尼，萬古如長夜。」仲尼日月也，可是日月也有照不到的地方，那是儒家留下的空處。岳飛從小受儒家教育，我們都知道他怎麼死的，他受到不公平的審判，審判官捏造罪名，強迫他在口供上畫押簽字，他在簽名的地方寫下八個字，「天日昭昭、天日昭昭」。這就是儒家窮、宗教出。諸葛亮「鞠躬盡瘁，死而後已」，是外在；「至於成敗利鈍，非臣之明所能逆睹也」，是內在。李商隱說他「管樂有才原不忝」，指明在；「關張無命欲何如」，指暗在。一般來說，中國人幼而學，學儒家；壯而行，行法家；老而安，歸於道家。後來佛教輸入中國，中國的知識分子又歡迎佛家，都在孔孟以外尋求彌補。

佛家的基本主張，可以說是「借外在，求內在；捨明在，歸暗在」，艱深難行，高遠難至。借用馮友蘭的說法，他是「極高明而不中庸」，雖說普渡眾生，實際上只能成就少數有因緣有慧命的人。近代佛教式微，出家人斷層，高僧大師為了佛教的發展，也提出一些救濟的辦法：例如根據《維摩詰經》提高在家居士的地位；例如淨土宗簡化修行的過程，強調只要「一心專念阿彌陀佛」。現在又有人間佛教，主張佛法不離世間，從事各行各業都是修行，明在、暗在求個兼顧。

基督教認為內在外在都重要，「活出基督的樣式來」；明在暗在都重要，「神的旨意行在地上，如同行在天上」。基督教不捨外在、不失內在，通過明在、參與暗在，做神的兒女，和基督一同做王。明在是暗在的先修班，明在也是暗在的影子，你看見基督徒就看見了基督。借用馮友蘭的說法，這是「既高明又中庸」。看來人間佛教是參照基督教的樣子改變的。

外在靠訓練，內在靠修養；明在靠知識，暗在靠天啟。宗教要解決「暗在」的問題，暗在和內在相應，所以宗教要由內在通往暗在。外在是內在的表象，明在是暗在的表象，因此宗教也得延伸解決或解釋外在和明在的問題。在內、外、明、暗之間，宗教要有一個據點，這個據點就是人的心靈。正因為有暗在，人的心靈也就有一個外在和明在都不能填滿的「空處」，人也因此需要宗教。基督徒常常用歌聲來表達這種訴求，「求來主耶穌到我心，在我心有空處為你。」

人心有空處。某某富豪之子，要什麼有什麼，真是心想事成，可是心裡不滿足。後來他覺得沒有東西可以再要，他不知道還可以再要什麼，就天天喝酒，用酒精刺激自己也麻醉自己，他變成一個酗酒的人。小說家陳映真寫過一個人物，他寫一個青年人覺得人生沒有什麼意思，問人家人生在世到底做什麼事情最快樂，有人指點他，男女性行為最快樂。他去試了一下，第二天就自殺了，他認為世上最快樂的事情也不過如此，還活著幹什麼。

人為萬物之靈，需要靈性上的滿足。靈性上最大的滿足就是愛，愛神，愛人。《聖經》教我們「盡心、盡性、盡意」愛上帝，又要愛人如己，你看，心、性、意、愛四個字都在心字部，人與神的關係建築在心靈上，心靈可以把內在、外在、明在、暗在聯結貫通，這是人生非常完美的境界。

心靈滿足是基督徒最難修習的一門功課，能使心靈滿足的是「施」而非「受」、是「失」不是「得」、是減法不是加法。世上有無數行業教人如何獲得，只有宗教、高級宗教教人如何失去。很多人信教是為了求福求壽，各宗教都有應許，我們相信，但是不倚賴。如果僅僅是這樣，信教未免是下策，任何宗教都不能點石成金。宗教要發展、要招徠群眾，先求量後求質，就降低層次，強調可以求富貴安樂，強調可以得現實利益。這只是一張入場券、只是一塊踏腳石，我們不停留在那裡，我們要向上向前。

我們來想一想彼得是怎樣歸主的，〈馬太福音〉記載了主召喚彼得的詳細經過。彼得是個漁夫，整夜撒網沒打到魚，耶穌來幫助他們，他們再下網，滿網都是魚。彼得並沒有心滿意足好好的打魚，他並沒想天天滿網是魚、天天滿船是魚，也好賺錢買條新船、蓋間新房子。他魚也不要了、網也不要了、船也不要了，他追隨耶穌布道去了。他們布道的時候，一個人只有一套衣服，如果有兩套，就要分給那沒有衣服的。

其實主耶穌從來沒有說，他給我們現世的安樂富貴，他說：

若有人要跟從我，就當捨己，背起他的十字架來跟從我。
你若願意做完全人，可去變賣你所有的分給窮人。
你要盡心盡性盡意愛上帝，其次要愛人如己。
要愛你的仇敵，為那逼迫你的人禱告。
你們願意人怎樣待你們，你們也怎樣待人。
你們為了我的緣故，要遭到逮捕鞭打，甚至犧牲性命。

他為什麼要這樣教訓世人？正因為心靈的提昇和物質的累積是相反的，而且人生宇宙不停的變化，「明在」都是暫時的、是不能貪戀的。神愛世人，他知道世人「得到」時很快樂，但是，只能得不能失，會有大災難、大痛苦。他要免除世人的這種痛苦。國民政府的步兵不肯訓練撤退，抗戰發生了，京滬大撤退損失嚴重，非常悲慘。海軍本來不肯訓練棄船，後來海軍在臺灣海峽作戰，有一艘軍艦沉沒了，全艦官兵不能棄船，只得一同淹死。國軍這才改變了觀念。上帝派了多少使者來，反覆不斷的幫助我們，教我們如何面對失去，甚至如何主動的勇於失去。失去是另一種形式的獲得，上帝使信他的人「得」也有福、「失」也有福。這的確是「福音」。

那麼，是不是就不必獲得了？不然，沒有得，又哪來的失？依《聖經》的教訓，我們仍然要努力去獲得、去多得，我們是神的管家，主耶穌在世的時候已經用比喻告訴我們，神喜歡能幹的管家。和一般世人不同，我們有原則，「先求神的國和他的義」，我們獲得，但是不怕失去。甚至我們獲得正是為了失去，照著神的旨意失去。

一個真正的基督徒，他確實覺得「外在」的失可以是「內在」的得、

「明在」的失可以是「暗在」的得。他確實相信這是事實，他看得見也摸得著。他並未失去什麼，不過是經過變化，換了地方存放。最大的苦難是失去生命，「失去生命的必得到生命」，那是回歸天家。有一位殉道者留下兩句名言，「失去那原本不能保有的，得到那永遠不能奪走的。」為什麼不會再失去？因為那個世界、那個國度不再變化，也就是永恆。

餘波蕩漾

插柳學詩：人類只要承認世界上還有未知領域、只要承認有神祕力量，就有宗教存在的基礎。一個有宗教信仰的人，不能改變已經發生的事實，卻能改變對它的態度。這就是宗教的魅力。

老牧：宗教為人生而存在，而且是為人的「一生」而存在，它不是死人的宗教，也不是老人的宗教。

「鼎公」有一段話，本文未見，我補在這裡。他說人要處理四種關係：人與自己的關係，人與人的關係，人與自然的關係，人與超自然的關係。他說儒家長於處理人與人的關係、道家長於處理人與自然的關係、佛家長於處理人與超自然的關係，三者可以互補。他在佛教主辦的演講會上這樣說，沒有提到基督教，現在讀這篇文章，他兼操了儒釋之長、演繹出基督教與人生最圓滿的關係。

我是無神論：三千字的「小文章」，談這麼大的問題，面面俱到，堪稱藝高膽大。雖然如此，到底受篇幅限制，不能深入也不能雄辯。研究生可用此文做框架，廣徵博引，寫成畢業論文。

我不反對宗教，「有神論」才反對另一個宗教，無神論則包容一切宗教。至少我認為應該如此。

第一百隻羊：「基督教人如何失去」這一段我很感動，可惜沒有好好發揮。牧師宣道也是天天教人如何得到，禱告可以得到什麼，捐款可以得到什麼，他只好如此，吸收一個信徒很難。「鼎公」談論信仰可以使不信的信主，效果很好。

堂堂人：我參加的那個讀書會，大多數會員是基督徒，「鼎公」曾四次光臨講話。起初讀書會的主持人很高興，因為「鼎公」談論信仰可以使不信的信主，後來發現他也能使「信主的人不再信了」，不敢再請他。

老牧：很精采的一段掌故，如果有人為鼎公寫傳記，需要這樣的材料。

讀者即賭者：信教，有人沒想一想就信了，信了以後也不想想。有人想好了再信，信了以後不再想。還有些人不想就信，信了以後才想。不信的人讀了鼎公的文章去信主，他是想好了再信，有些信主的人讀了鼎公的文章反而不再信了，他是當初沒想就信，信了以後才想。「沒想一想就信了，信了以後也不想想。」這是教會最歡迎的信眾，他們事前事後都不會讀鼎公的文章

宗教與戰爭

說到宗教與戰爭的關係，我想起《左傳》上的一句話，「國家大事，在祀與戎。」祀是祭祀禱告、是宗教信仰；戎是軍隊、是戰爭。由這句話可以看出來，宗教和戰爭的關係密切。

《左傳》記載春秋時代的歷史大事，它說的國家並非現代國家，大概是一些部落城邦。那時候，部落互相兼併，大的吃小的，強的吃弱的，心眼多的吃沒心眼的，每一個部落城邦天天準備戰爭。歷史書上說，春秋時代中國有一萬個國，也就是一萬個城邦部落，後來兼併成七個，就是戰國七雄，可見生死存亡淘汰非常激烈。

古時候，每一個部落城邦都用宗教支持戰爭，也用戰爭保護宗教，保護宗教就是保護國家、就是保護共生體。那時候，每個部落有自己的神，每個神只保護他自己的部落，每個神都保證他這個部落打勝仗，都咒詛敵人失敗滅亡。軒轅黃帝有軒轅黃帝的神，蚩尤有蚩尤的神，軒轅黃帝的軍隊和蚩尤的軍隊打仗，也就是軒轅黃帝的神和蚩尤的神打仗，部落打敗了、滅亡了，那個部落的神也滅亡了、消失了。

那個樣子的宗教叫部落的宗教，對世界和平沒有幫助。後來有些宗教進化了、提昇了，不再是某一個國家、某一個種族的宗教，神並不是只愛世界上某一部分人，神愛世界上所有的人，這叫做人類的宗教。

拿基督教做例子，基督教的前身是摩西領導的猶太教，猶太教的上帝只愛猶太人、只愛以色列人，只有以色列人能進天國、以色列人是上帝的選民。後來耶穌出來說，這樣不行，這樣不對，上帝愛世上所有的人，世界上所有的人都是上帝的兒女，他向全世界的人提供擔保，只要信靠上帝，不管你是什麼人，我都在天堂裡為你預備地方。基督教這才上升成為人類的宗教，基督教這才傳遍萬邦。

雖說世人都是上帝的兒女，人仍然有貪有嗔、有分別執著，上帝創造的第一個家庭就手足相殘，哥哥殺死了弟弟。在這世界上，戰爭是廣義的手足相殘，有人說，和平只是兩個戰爭之間的一段時間，有人做研究、做統計，有史以來，戰爭的時間比和平的時間多。不過現代由宗教造成的戰爭的確是很少很少了，我是說高級宗教，也就是人類的宗教。

現代基督教和政治分開，有所謂政教分離的原則，政治領袖並非同時是宗教領袖，執政的人不能利用政治的熱情當作戰爭的熱情、不能把上戰場打仗當作宗教儀式、不能拿宗教對天上和來世的應許獎賞戰鬥犧牲的人。這時候，宗教不再和戰爭結合，戰爭是國家大事，宗教是人類大事，兩者並不必然結合在一起，而是偶然結合；並不永遠結合在一起，而是臨時結合，甚至永遠維持距離，各奔前程。

依我猜想，宗教原為解決人類的問題而興，戰爭是人類的一個大問題，宗教教人如何面對戰爭。一般來說，政治引起戰爭，所謂政略決定戰略，戰爭是政治的延長。指揮越戰的魏摩蘭將軍說過，政客把事情弄糟了，丟給軍人去處理。

政治造成戰爭，宗教支持戰爭。戰爭除了有形的力量，如兵員武器，還有無形的力量，就是精神力量，宗教提供精神力量。戰爭要有周密的計畫，所謂多算勝、少算不勝，但是戰爭有時候不能計算得太多，所謂策萬全者無一全，戰爭又有許多偶然的變數，叫你算不準，多算未必勝，少算也未必輸。這一部分好像很神祕，所以戰爭需要宗教背書。宗教也使你在戰爭中堅定、忍耐、勇敢，換一個新角度去看人生的得失。

既然如此，宗教是否能增加戰爭的勝算呢？我猜是的。能增加勝算的東西是否引起好戰的動機呢？我猜也是可能的，這就使人想起哲學家叔本華說的一個比喻，他說：牛不是有了角才去牴鬥，而是牠想牴鬥才生出角來。我猜牛生出角來以後，尤其是有了堅銳的角以後，也許更想去牴鬥。人因為好戰才去找戰爭工具，戰爭工具找到了以後，也許更好戰。好戰的人找到了宗教，宗教就成了他頭上的角，宗教情操本來很高貴，他拿去浪費了、糟蹋了，我覺得非常悲哀。

佛教一開始就是人類的宗教，佛陀本是迦毗羅衛國淨飯王太子，他創教不是為了給本國本族找一個保護神，他是為了眾生。佛陀在世的時候，他的國家受到另一個國家的侵略，敵人來了一次大屠殺，幾乎把釋迦的族人滅絕了，釋迦也沒帶領信眾參加戰爭，他也沒說你們戰死在沙場上，立刻可以涅槃成佛。佛教不屬於一國一族，迦毗羅衛國亡了，佛教不亡，佛教傳遍萬邦。

人類對戰爭要交出兩張考卷，一張是預防戰爭，另一張是萬一戰爭發生了，怎樣對付戰爭。佛教是預防戰爭的特效藥，它從根本上把人的戰爭意識消滅了，用武俠小說的詞彙，就是廢去武功；用叔本華的比喻，就是牛根本沒有角，也不想生出角來，這是無量的功德。但是世界上的人並沒有都皈依佛法，佛教也許可以減少戰爭，但是不能完全禁絕戰爭，一旦戰爭來了，佛教徒這群沒有角的牛，四周都是生了角的犀牛野牛，大家怎麼辦，恐怕是個難題。

佛陀和基督都反對報復，都主張博愛，都希望獅子和綿羊共同生活。我覺得佛陀和基督都有一個假設，他們假設普世奉行共同的價值標準，神的旨意行在地上，如同行在天上，我不做的你也不做，你不做的我也不做，雙方都賣刀買犢、賣劍買牛，都把武器打造成犁耙鐮刀。誰都願意這樣做，可是誰也不敢先做，萬一我的刀槍劍戟都變成犁耙鐮刀，你的犁耙鐮刀都變成了刀槍劍戟呢，我的河山人民豈不都成了你的囊中之物、俎上之肉？我怎麼對得起祖宗上帝？結果是，大家都不肯認真去做，牛還是要生出角來，有角的牛還是要鬥。

只有佛教，他說我先做，他赤手空拳給人看，他想感化別人，他相信別人終有一天也會這樣做，他自己先繳械。他捨身飼虎，據說菩薩捨身飼虎以後，老虎就從此吃素了，善哉善哉！美哉美哉！可是老虎一定會從此吃素嗎？基督徒很懷疑，他認為最好還是把老虎捉住，關在籠子裡，好好養著牠，但是要把牠的牙齒拔掉。所以基督教留了一手，必要時他還可以戰爭，他保存舊約、發揚新約，它有平時面目和戰時面目。就心靈信仰而言，佛教比較崇高；就人的需要而言，基督教比較實用，這頭牛還有角，牠還能鬥。

二〇〇一年，九一一災變之後四十五天，在紐約市內觀法堂講話。

餘波蕩漾

無名氏：大作一開頭引《書經》「國家大事，在祀與戎」，我翻遍各種版本的書經並沒有這兩句話。這兩句話乃是出自《左傳》的小註。

王鼎鈞拜謝，已照您的指示改正。

插柳學詩：戰爭是攻城掠地，宗教是守望家園；戰爭是殺伐，宗教是護理；戰爭是罪孽，宗教是救贖；戰爭是權宜之計，宗教是通向永恆。人類可以沒有戰爭，卻不能沒有宗教。發動戰爭和熱中戰爭的人，如果知道自己及其家人全部犧牲，肯定放棄戰爭；信仰宗教的人，卻有下地獄的精神準備。

劉荒田：王鼎鈞先生將五篇隨筆合為一輯，排比的修辭手法到此入了化境，作家與文學、高級宗教與現代生活、內在與外在、明在與暗在、施與受、減法與加法、靈性與物質，「革命以最大的成本改變社會，宗教以最小的成本改變社會」，對立兩方的比較、撞擊、迴旋，使論理既明快又透徹。

老牧：基督教能戰，佛教不能戰，這個論斷大概可以成立。換個角度說，基督教義中尚有戰爭的種子，佛教教義中有徹底的和平意識，這樣推演也八九不離十。

這樣，我們對戰爭的態度，影響我們對兩大宗教的態度。我這一生經過兩次戰爭，一次是必要的，另一次不必要，以致我常在兩大宗教之間徘徊。

小衲：佛陀為了救一百多個旅人，殺死了十個強盜。佛陀犯了殺戒，受業報，可是為了救人，祂甘願。佛典中的這一段記載被許多人忽略了。佛教徒也能捨生取義、我入地獄。

我知道有些佛教國家照樣有死刑（西藏也有死刑，而且用刑嚴酷），佛教還沒有機會在國際舞臺上扮演重要角色，我還不能想像他如何處理戰爭危機。他應該不會主動挑起戰端，戰爭一旦發生，他也不會束手待斃。

老牧：鼎鈞先生怎麼說？

王鼎鈞：我不知道。我只知道，一個將軍，如果他是基督徒，他也得打勝仗才可以榮耀上帝。他一定和一般基督徒有別，我們諒解這種分別。但是他也一定和不信基督的將軍有別，我們珍視這一種分別。

戰爭是人類的無奈，基督徒和佛教徒一起陷入無奈之中。佛陀殺人即使確有其事，佛教徒也不能解脫困境，因為戰爭是大規模有組織的長期行動，傾城傾國，煽動人的貪嗔痴，把一切分別執著合理化，兵行詭道，兵不厭詐，佛教的基礎動搖，並非任何一人下地獄可以抵償。

我想，佛教只能超渡陣亡將士的靈魂，這是他的最大限度，其實他應該連敵國的陣亡將士一同超渡，可是，不能，至少在當時不可能。

漏網之鯊：佛教必須永遠在野、永遠柔性、永遠和政治疏離，這樣才可以保全他的高超。如果介入現實權力，必將陷入言行矛盾之中。

宗教與九一一

二〇〇一年九月十一日早晨，國際恐怖分子劫持了四架民航客機，以飛機做武器，對美國做自殺式的攻擊。他們撞向紐約世界貿易中心大樓，兩座一百多層高的著名建築燃燒爆炸，成為廢墟；他們撞進國防部所在地五角大廈，這座軍事中心崩坍了一半。這天早晨，他們使三千多人死亡及失蹤，其中包含消防隊員三百四十人、警察二十三人、四架客機上的乘員兩百六十六人。

慘案發生後，美國總統布希到世貿大樓災難現場視察，邀請葛里翰牧師同行。葛里翰繼布希演說之後證道，他的開場白是：我曾經被人問過幾百次，為什麼會發生這樣的事情？我對答案並不滿意。

每個基督徒都要問為什麼，葛里翰是國之大師，世界著名的布道家，信眾指望他傳道解惑，他知道不能迴避，受基督教神學的局限，他也知道他沒有圓滿的答案。他說，上帝把罪惡看作是一種隱祕，他引用了《舊約・耶利米書》一段話，「人心比萬物都詭詐，壞到極處，誰能識透呢？」他的意思好像是：沒有答案，因為上帝沒有啟示。

人是需要答案的動物，不滿意的答案也是答案，這就像我對治療心臟病的藥不滿意，可是照樣服用；我對電腦中文手寫板的軟體不滿意，可是照樣使用。不滿意的答案是教堂裡正在使用的答案。

據我所知，最標準的答案是：人有罪，神的臂膀並未縮短，神的聽覺並未昏沉，只是因為世人犯罪，神就「掩面不聽他們」。九一一事件發生後，有位布道家上電視，他大聲疾呼，「九一一」是上帝對墮胎和同性戀發怒了。這個答案使許多人不滿意，有人到電視臺去找他，準備揍他一頓。

另一個答案是：神賜的，神有權收回。這句話見之於《舊約・約伯記》，經有明文，點畫不廢。讀〈約伯記〉的人多半把這句話看作是個案，只用之於約伯一人，如果當作通則，那無異是說，幾千位商界精英的性命，以及他們對美國經濟的貢獻、對千千萬萬美國人生活的增進，上帝可以隨時取消，絕不手軟。這到底是一位什麼樣的上帝呢？葛里翰牧師站在世貿大樓的廢墟之旁，他縱有施洗約翰那麼大的膽子，也不敢這樣說。

還有一個說法：神提早召回他喜悅的人。中國人也說，好人不長命。針對個案使用這句話，比方說，針對一個英年早逝的信徒，可以安慰死者的家屬；倘若推廣成通則，也有困難。首先，依基督教義，得救的條件是信而受洗，世貿大樓不是大教堂，裡面的成員三教九流，依基督教義，誰能說上帝都特別喜歡那些人？其次，教堂裡臺上臺下，有的是童頭齒豁老態龍鍾之人，他們虔誠事奉、作光作鹽，蹒跚斑馬線上，不能說上帝都討厭他們。

多年以前，我曾經接受一個說法：上帝創世救世是一套大運作，少數人的遭際是小運作，是大沙盤裡的一粒沙。上帝有他的設計，總的來說，祂愛我們，但我們畢竟要遷就祂的大設計，不爭自己一時的利害。電影導演為了工作方便或工作保密，可能發給演員局部的劇本，如果某一個演員需要出國，他也可以把這個演員的戲先拍出來，他要演員在公園裡走來走去，演員未必知道為什麼走來走去；他要演員送給女孩一把雨傘，演員未必知道為什麼要送雨傘。我不能等到什麼都知道才相信上帝，一如我不能等讀完了醫學院再治感冒。

當然，這也是別人未必滿意的答案。

我出了一本書《心靈與宗教信仰》，我說讀《聖經》是讀它的本體大要，不必計較枝枝節節，新舊約六十六卷一以貫之，講的是「創造、犯罪、替死、懺悔、救贖」，這是大經大法，是宇宙人生的大道理大奧祕。「起初，神創造天地」，也創造了亞當夏娃，亞當夏娃犯罪，他們的後世也犯罪，於是耶穌基督來替死。耶穌並沒有犯罪，無罪而死才可以刺激活著的人、啟發活著的人，使活著的人反省悔改，大家希望沒有人再因罪而死，這是尋找救贖。

在那本書裡面，我舉了好幾個例子。往大處說，封建制度是創造，經過犯罪、替死、悔改，由資本主義救贖。資本主義是創造，經過犯罪、替死、悔改，由共產主義救贖。共產主義是創造，也出現了犯罪、替死，他們也在後悔以前所做的，也在尋找救贖。

我也舉了一些比較小的事情做例子。發明汽車是一種創造，有汽車就有車禍，這是犯罪。許多人因車禍而死，大家良心不安，於是有了紅綠燈、有了斑馬線、有了駕駛執照，最後有保險公司賠錢，這也算是有了救贖。今天馬路上有這麼多汽車，也沒把我們撞死壓死，正因為當年有許多人撞死了壓死了，他們是替我們死了。

基督徒可以把「九一一」的死難看成替死，替死者都是無辜的，不用說，耶穌沒有罪，當年死於車禍的人又有什麼罪？今天發生車禍，也許因為行人違反交通規則，當年汽車出世的時候，哪有這樣的交通規則？汽車這個怪物，社會並沒有準備接納它，它不容分說闖進來。「九一一」的死難者也沒有罪，即使他們有「原罪」，也因為替死而稱義。

再把《聖經》翻到〈路加福音〉，仔細看看耶穌說過的話，「從前，西羅亞樓倒坍了，壓死十八個人。你們以為那些人比住在耶路撒冷的人更有罪嗎？我告訴你們，不是的，你們若不悔改，也要如此滅亡。」

耶穌說的這幾句話，我們可以從「替死」的角度了解接受。大樓倒坍，壓死了人，並非因為死者有罪，耶穌並未強調他們的罪，只說他們並非更有罪；倘若死者有罪該死，意義反而有限，無罪而死，罪不至於死而死，給世人的思考就深刻了。後死者幡然覺醒，也未必因為自己罪不容誅，而是及早避免陷於「罪」、陷於「死」。

「九一一」死難者有重於泰山，它的啟示，豈止僅僅是不要坐飛機？豈止僅僅是不要住高樓？豈止針對墮胎和同性戀？它應該喚起大醒悟、大決斷，催生大救贖。喬治高先生有文章論「九一一」，他說：「美國的歷史使它不得不背負某些種族和文化的包袱，可是每經一次戰患，包括這次的浩劫，它就多一次機會成長和蛻變、多一點世界觀。」這番話就很接近「替死」。為了完成救贖，上帝對「替死」似乎不加干預，任其發展，我們不會忘記，掛在十字架上的耶穌，曾經呼喊：「我的上帝！你為什麼離棄我！」

想來想去，我問自己：為什麼一定要找答案呢？找到了答案又怎樣？善惡生死，我們有能力自己處理嗎？還不是「仰望神、依靠神、交託給神」？不必向神探詢為什麼，心靈交通的最高層次是不用交通，主在我裡面我在主裡面，合而為一，沒有問也沒有答。

小時候，我見過一本書，叫《一千個為什麼》，當時那本書很暢銷。前幾年逛書店，看見這一類書已經擴充成《十萬個為什麼》。現在知識爆炸，不久也許會有「一百萬個為什麼」出版，那時候我再買一套吧。可是繼而一想，我為什麼要知道那麼多，知道了又怎麼記得住，記得住又怎麼用得上，又怎麼負擔得了。

我想，我們在上帝的大運作裡面也是一樣，在人生的道路上，我是一個夜行人，我連夜趕路回家，夜色漆黑，伸手不見五指，主的話語是我腳前的燈。只要有這一點點亮光，我就不會迷路、不會掉在坑裡，路左邊有公園，路右邊有古蹟，我看不清楚，沒關係，我也不想看，我只要回家，腳前的燈指引我一路到家，我這就知足了。

宗教信仰與現代生活

以前我們都聽到過一種說法，現代生活妨礙宗教的靈性，宗教的要求是脫離現代生活。也有人說，這些宗教都有悠久的歷史，它們創立的時候，信仰和生活互相配合，到了現在，生活的變化太大，宗教的改變很小，它們適合古代人的生活，不適合現代生活。

果峻法師的演講給我們很多啟發，宗教的核心價值沒變，生活的核心價值也沒變，他們仍然相輔相成、相得益彰，高級宗教可以跟現代生活結合，現代生活需要跟宗教結合。

到了今天，現代生活出現許多缺陷，人變得冷酷、疏離、浮躁、脆弱、焦慮不安，宗教情操可以救濟，這些情操靠高級宗教培養，宗教是培養宗教情操的學校。

什麼是宗教情操？如果一條一條列舉，可以列舉一排條目，我現在不用條目表示，用故事表示，我寫過這樣一個故事：

有一個男孩子，他十歲那年，他的父母為了「究竟要不要他去學游泳」發生爭執。他父親相信技多不壓身，游泳也是一門技術；他母親卻說「河裡淹死會游泳的人」，人學會了游泳就會欺侮水、玩弄水、輕看了水，水就會報復他。

十八歲那年，他成為游泳比賽的選手。二十一歲那年，地方上發生很大的水災，他全家躲在屋頂上，眼見屍體漂過去、家具漂過來，也看見在水中掙扎的人，露出了乞求的眼神．屋頂上的人只有他能游泳，他義不容辭的跳了下去，撥開水裡漂浮的雜物，一夜之間救出十八個親鄰。後來，也許是他太累了，也許是他真的欺侮了水，他跳下去沒能再游回來。水退了以後，那一帶的年輕人興起了一陣學習游泳的熱潮。他們說，不錯，「水裡淹死的是會游泳的人」，可是那是在救活十八個人之後。

「水裡淹死的是會游泳的人」，可是那是在救活十八個人之後。

這就是宗教情操。

有人說他是無神論，我說沒有關係，無神論仍然可以進道場、進教堂，你不是去迎一幅畫掛在家裡，你是去培養宗教情操。有人說我是基督徒，反對佛教，我勸他，基督教佛教異曲同工，不同的宗教培養共同的宗教情操。有人說，古往今來，很多聖賢哲人都沒信教，也都有很高的情操。沒錯，李白杜甫也沒進文學系，華佗也沒進醫學院，岳飛沒進軍校，他們照樣成為名將、名醫、大文豪。可是今天，如果你的子女想做醫生，你是送他進醫學院，還是留在家裡等他自動成為華陀？岳飛沒進軍校，艾森豪威爾、麥克阿瑟要不要進軍校？

比方說「捨己愛人」這門功課，多半要到教堂或者道場裡去學，我們在社會上很難學到。我進入社會以後，常常聽見「人不為己、天誅地滅」，胳臂彎要往裡拐，有人指給我看，婦產科嬰兒都握緊了拳頭，人死前最後一口氣是往外呼，他死，是因為他已經不能往裡吸氣。行善是可怕的事情，或者是可恥的事情，行善是一個人的弱點，不是他的優點。這樣能不能創造一個適合我們安身的環境呢？不能，但是你要反抗他們也不容易，宗教幫助我們，我們才可以心甘情願去行善、理直氣壯去行善、呼朋引類去行善。

上個月底，世界第二富豪宣布他把百分之八十五的財產捐出來行善，總數是美金三百七十億元。我們馬上想起來，那個世界第一富豪已經捐出兩百幾十億美金支持慈善事業，他說他死後要把全部家產都捐出去，數目可能是五百億，他只留下一千萬元給家屬做生活費。這是宗教情操，一個沒有宗教的國家很難產生這樣的人物。

今天果峻法師坐在這裡演講，他為眾生說法，這也是捨己愛人的表現。文藝沙龍的會長夏夫人信仰天主，她超越宗教的界限，以她的聲望人脈來做任何一種對社區有益的事情，這些都是宗教情操。

還有一種情操叫「悲天憫人」，它和宗教信仰的關係更密切，悲天憫人四個字把天、人、我三者的關係聯結成一個三角形，三者原是一體，息息相關，人受苦的時候天也覺得痛苦，我同情人也同情天，我要分擔他們的痛苦。

說到同情，有人會說，誰沒有同情心？這有什麼希罕？宗教產生的同情心包括同情別人犯的錯誤、同情惡人、同情敵人，這就希罕了。對惡人怎麼可以同情呢？要知道同情不等於同意，同情惡人所受的苦，並非同意他所作的惡，惡人作惡由於愚昧，「父啊！寬恕他們，因為他們所做的他們不知道。」他們不知道要承擔多麼嚴重的後果，當他作惡害人的時候，他同時成為一個受害人。

《水滸傳》裡面有個人物魯智深，他走投無路的時候去當和尚，當了和尚又去喝酒吃肉、醉打山門，當家的師父只好把他開除了。有人為這件事情作了一首詞，「漫搵英雄淚，相別處士家，謝慈悲剃度在蓮臺下，沒緣法轉眼分離乍，赤條條來去無牽掛。那裡討，煙蓑雪笠卷單行，一任俺芒鞋破缽隨緣化！」這首詞對魯智深充滿同情。

主辦單位為這次演講製作了很精緻的海報，有一天我大街上走，海報旁邊有兩個人指指點點，其中一個人指著海報的大標題說：「這都是鴉片菸。」我參加他們的談話，我說兩位是從革命的地方來的吧，革命家說宗教是人民的鴉片菸，這句話非常出名。我說革命要熱血沸騰、要走極端，採激烈手段，宗教主張慈悲寬恕，妨害革命。基督教人愛仇敵，佛陀教人冤親平等，哪裡還有革命的對象？儒家溫柔敦厚，道家「退一步海闊天空」，你怎麼把革命進行到底？這些統統要不得，革命家要建立革命哲學，要配給我們革命的人生觀。我說革命家的作法是一時權宜之計，它只在革命時有用，它不是百年大計，不能為生民立命，不能為萬世開太平。我當時邀請這兩位朋友今天來聽果峻法師演講，我說聽了一定有收獲。我老眼昏花，不知道兩位來了沒有。

現在中國早已告別革命，革命的人生觀不適合現代生活。革命不是請客吃飯，我們現在要請客吃飯；革命不能溫良恭儉讓，我們現在要溫良恭儉讓；革命不是照著規則打球，我們現在照著規則打球；革命不是照著樂譜唱歌，我們現在照著樂譜唱歌；革命是黃河改道，不容分說，忽然來了，淹死千千萬萬人，黃河不負責任，現在我們要治河、要修水利，革命家丟掉的東西我們要撿回來。

捫心自問，宗教，我是說高級宗教沒什麼對不起我們的地方。紐約市的治安不大好，我們住在紐約十年二十年，沒被偷，沒被搶，沒被打，第一當然靠法律，第二大概靠教育，第三應該是宗教，法律和教育搆不著的地方，宗教補救。革命家當年告訴我們，法律是統治階級壓迫人民的工具，教育製造資產階級的意識形態，那些話是去年前年的黃曆，八月十六、八月十七的月餅。今天我們要想一想，如果沒有佛教、沒有基督教，這個社會是不是會更好？

人類社會有許多缺點需要改變，革命以最大的成本改變社會，宗教以最小的成本改變社會。龔天傑居士告訴我，一句話可以定國安邦，「心安即國安」，五字真言，最便宜的藥方，根本不必天翻地覆千萬顆人頭落地，也不需要幾十萬人遊行示威、幾萬人集合喊口號、幾千人晝夜警戒維持秩序、幾百人在立法院打架噴口水，只要每一個人修心改變自己，誰也不必進法院、進醫院、進瘋人院，國泰民安，夜不閉戶。他精打細算、一本萬利。

佛陀基督都沒有保證百分之百成功，他們自己做表率，希望有更多的人跟上來，「矯枉者必過正」，所以他們特立獨行。法師效法佛陀給眾生做榜樣，他全部付出。

果峻法師智商很高，論世俗的學問也是專家。他的相貌有福氣，如果做生意也能發財；他的儀表風度也是女孩子的白馬王子，如果不出家早已結婚，而且可能不止一次。但是像法師這樣的人，他認為不行、來不及了、沒有時間了！用博山原未的說法，三界如同火宅，最要緊的是把人救出去，一步不能亂，一步不能停，只有不顧身命、不生別念、不依賴別人，往前直奔。別人不急，你為什麼那樣著急？正因為響應的人少，所以法師要一個當一百個、當一千個，世人不肯做的我來替他做，今生時間不夠還有來世，說不定他的前生就這樣開始了。

這樣的大割大捨、大慈大悲，一定要有偉大的宗教做背景，他才可以有所作為，基督教為產生德蕾莎媽媽提供了各種條件，有佛教才可以有聖嚴法師。有人說你們信教有什麼用？你們根本做不到。我說你我做不到，有人做得到；你我也不是完全做不到，別說德蕾莎修女只有一個，世界各地有千千萬萬小德蕾莎，他們也許是百分之六十的德蕾莎、百分之四十的德蕾莎、百分之二十的德蕾莎，都很好！你我至少也可以做百分之十的德蕾莎。有了聖嚴法師就會有果峻法師、麥鳳娟居士、龔天傑居士、果華居士，有在座的許多位大德，你我至少也可以是百分之十或百分之二十的聖嚴法師。進了軍校做不成岳飛，總可以做個連長營長；進了文學院做不成李白杜甫，總可以做個王鼎鈞；進了醫學院也治不好愛滋病，總可以治傷風感冒。我們不能把財產的百分之八十五都捐出來行善，我們可以捐百分之八、百分之五、百分之一。我們如果有宗教情操，不會一毛不拔，還譏笑那些捐錢的人，說他們笨、他們傻。

宗教情操有最低要求、有最高境界，好比一座金字塔，我們在塔的底層，很寬鬆，法師神父在上層，有一天他們會到塔頂，占的地方小，離天近，一望千里。大家分別努力，共同營造一個美好的社會，這就是高級宗教跟現代生活的關係，也就是宗教對現代人的意義。

餘波蕩漾

老牧：信仰只是為了培養情操，這真是「卑無高論」。說好話做好事並不能完成人的救贖，我們是要在基督裡面回歸初造，做神的兒女。

有人說「何必信教？宗教無非勸人為善」。意思是只要行善就可以了。其實基督教並非是勸人為善的宗教，因為人不能自我完善。

十二姨：「基督教並非勸人為善」這句話有語病，應該說「並非勸人為善而已」，說好話做好事和做神的兒女怎麼會有衝突？有些牧師千言萬語猛勸信徒捐錢給教會，從來沒說一句話勸人捐錢給大地震大海嘯的災民，只號召為災民禱告，禱告不用花錢，不會分散教會的資源。

我是一隻蝴蝶：我覺得這裡面包含一個重要的問題：基督徒要樹立什麼樣的「人」的形象。

有一個政治犯，在獄中皈主，很好。他判的是死刑，依法律規定，監獄要把執行的日期事先通知他，他接到通知以後，大哭大鬧，滿地翻滾，拒絕進食，不停的高呼「哈利路亞」，監獄以為他瘋了，依法律規定，你不可在他精神失常的時候殺死他，只能送進醫院檢查。這是一個負面的典型。

還有一對夫婦都得了絕症，也都皈了主，很好。可是在最後的日子裡，兩人手中永遠握著一本《聖經》，見了人高呼「主耶穌」，而且是一唱一隨、此落彼起。朋友去探望他們，進門先聽見一陣「主耶穌」，代替你好；出門也是一陣「主耶穌」，代替再見，使人聯想到德國一度流行的「嗨，希特勒！」，這也是一個負面的典型。

曾子臨死的時候說：「啟予手，啟予足。詩云：戰戰兢兢，如臨深淵，如履薄冰。」文天祥臨刑前留下的是「讀聖賢書，所學何事，而今而後，庶幾無愧」。我懷想追慕這樣的典型。

澎湖冤案與基督替死

我在一九四九五月到臺北，十二月澎湖流亡學校師生冤案成立，張敏之校長是各校總代表，列為首犯，另有鄒鑑校長及五名學生，一同被臺灣保安司令部殺害。

我嚇壞了。沒想到國民黨如此對付忠實的追隨者，而且國民政府軍方殺人的手法如此粗糙。我覺得國民黨失去大陸，倉皇渡海，上下已成驚弓之鳥，方寸大亂，以後會有更多的冤案發生，我的紀錄並不比張校長鄒校長更可靠，內心惴惴不安。

我更憂慮這個樣子的國民政府守不住臺灣。邱吉爾說，你可以用刺刀做許多事，但是不能坐在刺刀上。難道國民黨要坐在刺刀上了？

張校長一生照顧流亡學生，在亂世為國家社會保全未來的人才，用《聖經》上的話來比喻，他是從爐灶裡抽出木材來。這件事情不容易，他的精神可用摩頂放踵來形容，他的智慧可用排除萬難來總結，他並不僅僅是一個死在亂世冤獄裡的讀書人而已，他的冤案太叫人驚心動魄，反而把他在非常時期對教育的非常貢獻掩蓋了。

現在對張校長的描述，《山東文獻》有一些，《澎湖煙臺聯中師生蒙難紀要》有一些，大致輪廓有了，細節還很缺乏。希望能有一位優秀的作家為張校長寫一本文學性的傳記，為後世留下一個良師的典型，使「頑夫廉、懦夫有立志」。這是中國教育史上稀有的典型，非常寶貴。

冤案發生後，張師母的處境非常困難，受到國家社會全面的歧視，她獨自承受這麼大的壓力，留下子女成長的空間，張府的公子和千金也都很優秀，都是人才。張師母是中國歷史文化裡偉大的賢母，即使歐母、岳母也比她容易做，她的生命歷程絕不是她的一本回憶錄能概括的。希望有優秀的作家重建她的奮鬥史，為張師母寫一本文學傳記，留下一個典型，做中國人精神上的遺產，激勵一代一代的賢母。

這是冤案，也是慘案，我們怎麼看待這件事情呢？我們一定會有悲哀有痛恨，我們也一定知道單是悲哀痛恨找不到出路，平反賠償僅有象徵意義。好在大家都有宗教信仰，這個問題只能放在宗教裡頭解決。

根據《聖經》啟示，歷史的發展有一個脈絡，就是創造、犯罪、替死、懺悔、救贖。國民黨退守臺灣，他想創造一個局面，犯了許多罪，使很多人受害受苦。後來國民黨後悔了，尋求救贖，以後的人免於受苦受害，日子過得比從前好，前面受苦受害的人等於替後面的人擔當了。

根據史家李敖統計，臺灣在「白色恐怖」時代有兩萬七千多人涉案。再想一想，二二八事變又使多少人失去生命或自由？這些人都是無罪替死的小基督。我們可以很明顯地看出來，蔣介石晚年後悔了，他的兒子蔣經國執政以後所作所為，在很大的程度上是努力為國民黨尋求救贖。謝天謝地，幸虧他們終於這樣做了。

基督教義使我們對張校長的死難找到意義，也在天國裡發現了他的位置。張校長的學生後來都受到較多的照顧，好像澎湖冤案成了他們一個很好的資歷，對他們反而有利。當局顯然認定澎湖一案的性質不同，張敏之校長和鄒鑑校長的判決書，換成了他們的優待券。張校長是流亡學生的守護神，他是鞠躬盡瘁、死而不已。

以後，這樣的冤案再也沒有了！仁人志士的熱血洗去了人間的污垢。上帝不能使已經發生的事情沒有發生，但是可以使尚未發生的事情不再發生，因為有他的愛子道成肉身、流血捨命。他的愛子並非獨生，除了耶穌，還有張敏之。

自然加上人為

可以說「人製造了神」，也可以說「神製造了人」，兩者一直互相影響，循環不已。沒有教士僧侶，宗教今日是何等面目？沒有神佛，人類今日是何等面目？沒有誰說得明白，但是可以設問：今天如果沒有宗教，世界是否會變得更好一些？

如果把宗教當作文化現象看待，文化是「人為加自然」，宗教中有人為的成分，但並非百分之百。先賢說宗教是「神道設教」，一個「設」字道破了人為的祕密，但是「設」字底下這個「教」應是動詞，即組織運作之類。至於「神道」，先賢拿來和「人道」並稱，至少是「形而上」的，而「人製造了神」之說則是把「神」也物質化了。

即便是在「人製造了神」這個層次上談論宗教，宗教仍有它的價值。電腦就是「人加上自然」，人製造了電腦，人也順應了冥冥之中業已存在的原理，你我若要享用電腦之利，必須服從電腦的設計，換言之，你我要「信」它才行。電腦也正在「造人」，人的思想觀念行為氣質都起了變化。

高級宗教推出的不是神話或大教堂，而是對人類前途的一種設計。人製造了教會和「神學」，沒錯，宗教非為教會寺院而設，寺院教會係為宗教而設，宗教的功能在提高人的靈性，此種提高係通過自然或「超自然」獲得，人要憑一個「信」字和他聯結，然後「受造」。我們可以不喜歡這種設計，但是如果關心人類前途而又無能力為之設計，只有選擇已有的設計，只有保存現有的設計供他人選擇。

電腦可以解決許多問題，但是不能解決所有的問題，宗教也是如此。宗教家自己早已說了，佛陀有三不能，上帝有五不能。我禱告，所以我買的股票漲價；我禱告，所以我九一一那天從世貿大樓逃出來，這是可笑的。至於說只要祈禱，不要輸血治療，更是危險的。這些都是信仰的初級現象，宗教還有更多更高的現象，不在話下。宗教應該對那些初級現象負責，它的高級現象足可抵償而有餘。

有人說「我是無神論」，辭色之間十分自負。我說無神論也是一種設計，咱倆都被某種設計支配。比較一下：截至目前為止，有神論孕化出來的人事現象比較可愛、比較容易接受（還需要一一列舉對比嗎？），換成你發言，也許說這些現象比較容易阻止、容易躲避。為天下蒼生設想，我認為應該「兩利相權取其重」，你是否也同意「兩害相權取其輕」？

一個無神論者，千方百計擺脫無神論造成的環境，選擇了有神論的社會，卻又千方百計否定有神論，實在使人納悶。我不認為他必須皈依有神論，我認為他既然託庇於這座大廈，最好稱讚支持那些工匠和工程師。還是鼓勵那些人繼續努力吧，不妨回頭看一眼祖國大地，無神論的花果樹木正由有神論來參加耕耘灌溉，他們只問改善社會人心有用無用，不管有神無神。

餘波蕩漾

李思宇：自然，是原始的面貌，它是一座山，山上有泥土和石頭，當然還長出各種各樣的花草、樹木。這是原始的天然。然後動物來了，因為在這天然的環境下，它們才有了生存的依靠——各取所需。接著，人類來了，在取得豐富的資源之後，也提昇了自身的條件。但，人類沒有滿足於現狀，人類在「自然」的上面動了腦筋，那就是增加、改變，乃至創造和發明。也就是在自然裡頭，加上人為，人類跨出了一個大腳步。於是，文明產生。這文明，實際上是抽象的概念，它只能用「心」來領會。宗教家在這時候出現，而且大顯身手。精神領域的提昇，才是人類社會的真正進步。

廖桂芬：從小學、中學到大學都在教會學校受教育；薰陶之下，自然而然接收了「天父是萬物之靈、萬物之主宰、造物之神」。天父創造了人類，還賜予智慧不斷去摸索、琢磨、研究、能利用資源去發明、探討深奧科學。超越科學使人類生活更加進步、豐富、滿足。這一切、一切都是天父之恩賜。

雖然天父主宰一切，也同時給了人類「選擇」如何過自己的生活。往後還要面對他的審判：合格「上天堂」，不合格「下地獄」。有了這個信念、意向克制人類邪惡的一面。很不幸，往往人類的「邪惡」戰勝了「善良」的一面，造成了社會動盪不安。這一切是人為而不是天父的旨意。

自古以來，不同信仰、不同膚色及貧富的差異，也會引發起人與人之間的摩擦、國家與國家的戰爭。這一切也是因為人類醜陋的一面：不肯接收對方、不肯相讓、以強欺弱的結果。這些也都是「人為」，而不是天父的旨意。

陶銘：有人先規畫全域，有了春天，就有萬花；有人先規畫個別，有了萬花，就是春天。有人看水缸，有人看水庫，水庫裡有水，家家自然有水，要家家有水，當然倚賴水庫。

宗教家是造水庫的人。

＊

一個人沒有「必須宗教才能解決」的問題，所以不信教，也許是他的幸福。

一個人有了「必須宗教才能解決」的問題，仍然不信教，那就是他的不幸。

＊

總得承認現實日漸沉淪，總得否認現實無可救藥，因此，「聖誕」既非迷信，也非崇洋，而是集體願望象徵性的表達，這是耶誕節真正的魅力。

*

「一切如水注滿瓶子」的時代一去不返，人心中有世俗無法占領的方寸空間，只有交給「神」看守，以免「罪」乘隙而生。基督教是與酒色財氣爭空間，不是與禮義廉恥爭空間；是與莠草爭空間，不是與香花爭空間。

*

NO1026：本文「退一步」立言，沒有傳教士的霸氣，甚好。且不管宗教立場，看看人家怎樣寫文章。

佛教對中國文學的影響

佛教對中國文學的影響非常大。佛教大概是漢明帝時代傳進來的吧，到了唐宋，中國的文學作品起了很大的變化，觀察這些變化的人指出來，到處可以發現佛教的成分。

胡適寫《白話文學史》，他說中國文學一向是白話文學，從《詩經》開始就是白話文學，白話文學是中國文學的正統。我現在談的是中國現代的白話文學，也就是文學革命、白話文學運動以後的文學，中國文學受了歐風美雨的影響，又起了一次很大的變化，這時候，佛教已經成為中國人思想觀念的一部分、中國人生活方式的一部分，文學革命家沒辦法把它革掉，佛教也就成了新文學內容的一部分，有時候也是文學形式的一部分。

佛教對中國現代白話文學的影響，我至少可以舉出三點來：

一、佛典使文學語言更豐富

增加詞彙：如世界、演說、究竟、因果、律師、道具等等。

增加成語：如單刀直入、一絲不掛、聚沙成塔、作繭自縛等等。

二、增加作家的想像力

如輪迴、無量世界、緣起不滅、真空妙有等。

三、增加文學作品的原型

古典的故事框架，供後世作家變奏或重新詮釋。

先說語言，中文翻譯的佛經給中文增加了很多新詞，也增加了一些新的句法，我搜集了一部分，很多名詞，很多成語，我們經常使用，也許認為這是中國的土產，現在一看，發現是取經取來的，是進口貨。詞彙增加，句法增加，也就增加了中文的表現力、增加了文學作品的文采。

我要讚嘆佛經偉大的想像力，他說宇宙無限大，除了咱們大千世界，還有三千世界、無量世界。過去有無量劫，未來有無量劫，無始無終。他規畫出地獄、西方樂土的具體面貌，有大量的細部描寫。他的神話是那樣的豐富壯麗！文學創作非常需要想像，中國作家閱讀佛典，進一步釋放了想像力、發展了想像力。

有一次，釋迦牟尼和他的學生對話。老師問：「恆河裡的沙是不是很多？」學生說：「是的，很多。」老師說：「如果恆河裡的每一粒沙都變成一條恆河，所有恆河裡的沙加在一起，是不是很多？」學生說：「是的，很多。」老師說：「如果每一粒沙都變成一尊佛？……」那一段對話，聽起來好像是文學創作教室裡對想像力的訓練。

佛典以他非常的想像力重新設計萬事萬物之間的關係。咱們中國，儒家注意人與人的關係，忽略了人與自然的關係；道家似乎相反，注意人與自然的關係，忽略人與人的關係。不管人與人的關係也好、人與自然的關係也好，他們也都看得太簡單。至於人與超自然的關係，儒家道家好像都沒有認真面對，這對詩歌小說戲劇的創作都不利。

佛家強調因果，強調「法不孤起」、「緣起不滅」，他又設計了三世輪迴，人跟人的關係突然緊密起來、複雜起來，人和人緊緊糾纏在一起，大家是拴在一根線上的螞蚱。有人說，人生好比打麻將，這一桌麻將不是四個人打，是六十億人一起打。如果沒有佛教啟發，中國人大概想不出這個比喻，依佛教的看法，這桌麻將不僅六十億人在打，恆河、須彌山也加進來打，青青翠竹、郁郁黃花也加進來打，一張牌打出去，產生無窮的變數。

這個發現對作家的誘惑太大了，作家筆下的情節，也就有了無窮的變化。老天不下雨，一棵絳珠草快要枯萎了，一個男孩子來給她澆水，因生果，果又生因，居然發展出一部《紅樓夢》來。一個農夫捉到一條蛇，一個男孩子買了這條蛇，帶到野外放生，因生果，果又生因，居然發展出一部《白蛇傳》來。牛郎織女眉來眼去，因果相生沒完沒了，居然做了七世夫妻。學者說，幸虧有白話文，小說才可以寫得那麼長。他的話很對，不過白話畢竟是工具，咱們還得加一句：幸虧有佛教，小說家才有那麼多情節可以寫。

文學有個術語叫「原型」。中國古代有一個神話，它說有一個人、一個巨人、一個大力士，他跟太陽賽跑，幾乎追上太陽，可是終於追不上，他累死了、渴死了，他倒下去的時候，整個大地都震動，這是一個原型。後來作家描寫英雄人物，寫他本領很大、意志堅強，一定要怎樣怎樣，可是形勢比人強、人不能勝天，後來還是驚天動地的失敗了，這就是使用那個追太陽的原型。原型是非常重要的文學遺產。

佛經給中國作家提供了很多原型。釋迦牟尼出來散步，看見人生的痛苦，他就出家了，這是一個原型。現在證嚴法師成立功德會，是因為看見一灘血，聖嚴法師出家，是因為看見天災，可以說都出於這個原型。

「黃河之水天上來」，黃河就是天河，沿著黃河一直往上游走，找到黃河發源的地方，也就找到天國。有一個人去找天河源，他花了好幾年的工夫，千辛萬苦，最後到了河水的盡頭，那地方天有多大地有多大，一眼看不到邊際，但是一片荒涼，河道也不見了，到處是水。他迷了路，找來找去看見有個女孩子在洗衣服，他上去問路，洗衣服的女孩子不說話，舉起洗衣服用的棒槌來，劈頭給他一棒。他睜眼一看，已經回到家鄉，回到原來出發的地方。這個故事的原型，應該是「當頭棒喝」。

有一個女孩子對她的丈夫不滿意，心裡煩悶，到酒吧裡去喝酒，正好碰見從前的男朋友也在那兒喝酒。女孩子向他訴苦，男人聽了半天，叫酒保開香檳，香檳用冰鎮過，很冷。男人拿整瓶香檳澆在女孩子頭頂上，女孩子一動不動，兩個人好像有默契。香檳酒從她頭上流下來，流到臉上，流過脖子，流過進襯衫裡，她承受了這瓶香檳以後，臉上露出笑容，愁雲慘霧一掃而空。這個情節的原型，應該就是「醍醐灌頂」。

釋迦牟尼講過一個故事：森林起了大火，飛禽走獸都逃走了，有一隻鳥飛出來，找到一條小河，牠用河水把羽毛弄溼了，飛回去，把身上的水抖落下來救火，它不停的這樣做，要把大火撲滅。中國古代也有一個故事，有一隻鳥，用它的小嘴啣一塊小石子，丟進海裡，它來回不停的這樣做，立下志願要把大海填平。到了現代，有一個作家說，他的痛苦像一座山，這座山是一粒米、一粒米堆成的，他埋在這座「米山」底下，他也努力把自己從痛苦中解救出來，他的努力不過像一隻飛鳥從「米山」啣走一粒米。這三件作品彼此之間有沒有什麼因緣？我不能說先出現的是後出現的原型，我們談論原型，可以把它們一起擺出來。

佛經裡到底有多少原型？中國的白話文作家用過幾個？不知道哪位學者做過研究？「捨身飼虎」、「我不入地獄誰入地獄」也都是原型，有人估計總數大約有一千個，中國作家用得著的很少。

海上生明月
——我向佛典尋找什麼

神學家說，聖經是上帝的啟示，但是並非全啟示，而且已經啟示完畢。也就是說，有些話他沒告訴你，他認為你不需要知道。

我覺得人類思想的發展有個很重要的動機，想尋找上帝沒說出來的那一部分，科學家在找，宗教家在找，文學家也在找。我覺得上帝祕而不宣的那一部分，可能在佛經裡面找得到一些。

現在多少基督徒不敢讀書，把自己的思想弄得很貧乏，以為貧乏就是虔誠。我認為信仰要從深刻的人生經驗之中生長出來，以豐富的知識做養分，「六經皆我註腳」，諸子百家都是我的證人。

說到證人，基督徒喜歡把信仰孤立起來，自己證明自己就夠了。還是佛門氣派大，「天下一切善法都是佛法」，除了自己證明自己，還有別人也可以證明自己。我能在佛堂道場演講時提到耶穌的名字，不能在教堂做見證時提到釋迦牟尼的名字，既然孔孟基督可以做佛陀的證人，釋迦老莊為什麼不可以請來做基督的證人？有人認為不需要，當然，中國人也曾經認為他不需要西醫；韓戰發生以前，麥克阿瑟認為他不需要《孫子兵法》。

我到佛教的經典裡去找什麼呢？我的野心很小，不想成佛成菩薩，只想做個更好的作家，佛法無邊，在這方面我只要是「弱水三千，只取一瓢」。

我在佛家的經典裡找到對人生更透徹更全面的詮釋，文學創作和宗教都是詮釋人生，在這方面作家需要宗教幫助。我是基督徒，《聖經》對人生也有過一些詮釋，基督在世布道三年，留下的紀錄很少，許多地方語焉不詳、點到為止，佛陀說法四十九年，他那裡材料就多了！

我還不能好好的談一談我的收穫，先說一句話，佛教對人生的詮釋，應該是最透徹最周全的了，用佛教的說法，就是「圓滿究竟」。比較起來，孔孟圓滿而不究竟，基督究竟而不圓滿，儒耶之徒迷惑難決的地方，不妨到佛門一遊。成佛成菩薩的事我不知道，佛教一定可以幫助你成為一個更好的作家。當然，你得立場站穩了，你是作家，你是來做更好的作家，不是出家，別像弘一大師，文學藝術都割捨了。

我向牧師解釋：一個基督徒也許不可以讀佛經，一個作家也許必須讀佛經，佛經有文學價值、有哲學價值。（同樣的道理，一個佛教徒，如果他是作家，他也勢必要讀一讀新約和舊約。）一個「作家基督徒」，他必須把文章寫好才可以榮耀神，猶如一個「將軍基督徒」，他必須打勝仗才可以榮耀神。一個基督徒不必讀兵法，如果他是將軍，他一定得讀兵法，他指揮作戰不能聽傳道人的話，他和一般基督徒一定有許多差別，我們要包容這種差別。可是他和另一位將軍，那人並非基督徒，他們兩人也一定有許多差別，我們要讚美這差別。你把這一段話裡的「將軍」換成「作家」，再說一遍，也是一樣。

有時候，我覺得佛經也可以幫助你成為更好的基督徒，當然，你得立場站穩了，你是基督徒。教會對教徒的保護過於周到，恨不得放進無菌溫室，我問牧師：咱們不是獨一無二全知全能的真神嗎，只有他怕咱們，咱們為什麼怕他呢？佛經並沒有影響我的基督信仰，有些經文可以幫助你更容易接受

《聖經》，基督教義裡面某些簡略含混的地方，佛經裡面恰恰有雄辯的解析或高妙的啟發，這時佛經就成了聖經的註腳。當然，我不能保證別人都和我一樣。

我年輕的時候，老師告訴我一句話，「只讀一本書的人是可怕的。」我這一代有許多可怕的經驗，就是只讀一本書造成的，現在時代不同，這句話也許要改一下，「只讀一本書的人是愚笨的。」我勸某人信教，他信教後變呆了，極難溝通，極難相處，我失去了這位朋友，有點後悔。原因無他，他的教會只准他讀一本書。

大屠殺和大地震有關係嗎？

李居士傳來從網上下載的文章，他在文前加上標題，「不知這次大海嘯與屠殺鯊魚有否因果關係？」大海嘯指日本在二〇一一年三月十一日因九級地震引起的天災，海水把日本東北端六萬居民的一個城市吞沒了，這個城市以盛產魚翅聞名，並以鯊魚的內臟製成各種美味，每年要屠殺三萬噸到六萬噸鯊魚。文章附有多幅照片，香港一位攝影記者深入屠場，拍下各種鏡頭，確實令人傷心慘目、不忍逼視，我刪除畫面才把全文讀完。

殺生會招來天譴嗎？如果一定要我回答，我覺得如果有關係，其間因果也不能實驗證明，只能稱之為不可知的關係。居士信佛，他有明確的答案，以問句表達，這是他客氣。我不能像他那樣有定有慧，只能說「有不可知的關係」，這是我的誠實。想當年上帝告訴初造的那一對夫婦，「這些動物你都可以吃。」那小倆口不過捉一隻兔子、幾隻山雉罷了，誰能料到今天屠宰發展成了環球的現代工業？「這些動物你都可以吃」，怎麼這個吃法？也許不管怎麼吃都無妨，也許上帝今天已在誡命後面加上但書，誰知道呢？

佛家說「欲知世上刀兵劫，請聽夜半屠門聲」。也別把話說死了，如果要全人類都吃長齋，那又怎麼辦得到？如果吃肉就要遭到毀滅性的懲罰，那又是另一種殘忍。依我猜想，佛也處於兩難之間。報應之說普遍深入人心，三月大地震發生後，有個日本人這麼說；二〇〇八年四川大地震發生後，有個美國人這麼說。談到報應我一向非常謹慎，天道難測，實在難以歸納出一個簡單明瞭的定律來。蔣經國的三個兒子，一九八九年孝文去世，五十四歲；一九九一年孝武去世，四十六歲；一九九六年孝勇去世，四十八歲，有人告訴我這是報應。哎哎，別這麼說，誰也摸不清老天爺的底牌。哎哎，誰也不知道自己的孩子將來會怎麼樣。有一個人出車禍，鋸掉一條腿，另一個人說他受到報應，一個星期以後，這人也出了車禍，瞎了一隻眼。

孔夫子也許是「不可知」理論的第一代大師，他老人家突然聽見響雷也要臉色大變，難道他也做了虧心事，怕天打雷劈？如果他該死，咱們中國人誰還能活？可是誰又能保證他永不觸電，人的德行並非避雷針或絕緣體。也許他憂慮的是老天爺到底想幹什麼，萬一祂又劈死了一個周文王怎麼辦。到底天下蒼生怎樣才有安全感？老夫子臉上的肌肉這才拉長了、繃緊了。

既然不可知，有些人就放肆了。敝鄉有句俗話，只見活人受罪，沒見死人帶枷，眼前的現實利害分明，你應該知道怎樣趨炎附勢、怎樣損人利己、怎樣得隴望蜀，只要現實能過得去，也無妨傷天害理。這些行為像立竿見影一樣，有明顯的收益，為什麼為了未知數不要已知數呢，為什麼留下「0」塗掉「1」呢？你如果這樣問我，我也難以回答。

另外有一種人，他也感覺生活在不可知的規律之中，可是他因此把自己約束得更緊了！黑暗中跨越一道門檻，也不知門檻究竟多高，就把自己的腿高高地抬起來，無妨超過需要。大屠殺和大地震的關係未可知，有人去開屠宰工場，有人乾脆斷了葷腥，連合法的正常的生活需要也戒掉了！真奇怪，同樣的感受，產生完全相反的行為。

現在可以知道，孔夫子聽見一聲霹靂，為什麼有那樣嚴肅的表情，對他而言，未可知的約束是最大最高的約束。我對人生哲學一向採泛愛主義，最後逼到牆角，我最愛的還是孔子。

自然和超自然

宗教的內容包含人生、自然、超自然，佛教和基督教是最明顯的例子。十誡說「當孝敬父母」，佛教有《父母恩深難報經》，這是人生。耶穌說，天國好比一粒芥子，種下去長成大樹；佛教說，青青翠竹、郁郁黃花都是佛法，這是自然。耶穌是童貞女所生，佛陀是從脅下出生，這是超自然。耶穌釘在十字架上不死，佛陀被支解不死，這也是超自然。

這兩大宗教的門徒常常譏笑對方的超自然，忘了彼此彼此。我曾對一位法師說：你能接受那個，我當然也可以接受這個。只有無神論可以批判咱們，咱們何必同室操戈？

人生，儒家說了很多，很少提到自然。自然，道家說了很多，很少提到超自然。他們對超自然都有不足。佛教傳入中國，超自然大量輸入，對中國文化輸血，也迫使道家創立道教，建立了一套自己的超自然系統。然後是基督教來了，起初，他以「人道」與儒家契合，得以立足，但是不久他的「神道」與儒家衝突，無法發展，於是傳教自由與貿易自由掛鉤，寫入中國和列強訂立的不平等條約，使許多中國人至今猶說「耶穌是坐在砲彈上來的」。

超自然乃是宗教的頭等大事，超自然才是宗教的特色。失去超自然，宗教就成了藝術；失去自然，宗教就是教條；反對超自然，就是取消宗教。這豈不成了迷信？不然，宗教的境界，宗教對教義的詮釋，都藉著超自然表現。超自然是宗教的載體，人心惟危，道心惟微，教育家說得不清楚，藝術家表現得不準確，宗教最後領你進入超自然的境界，讓你自己面對上帝佛陀。

所以宗教強調「悟」，你在人生裡頭不能悟、在自然裡頭只能若有所悟，超自然擺脫了約定俗成、超出老生常談，你失去了在家庭學校社會養成的固定反應、條件反射、邏輯思考，你才可能大徹大悟。悟了就不是迷信，不悟才是迷信。超自然成為迷信的時候，其中沒有上帝也沒有佛陀。

我們在超自然裡感動覺悟，我們不在超自然裡生活。《聖經》說，你憑著信心可以在海水上行走，你去跳海，結果淹死了。佛經說，房子失火的時候你打坐念阿彌陀佛，火自然熄滅，你不逃走、不打電話給消防隊，結果燒死了。這不是信仰，這是考驗上帝佛陀、要脅上帝佛陀，不管是佛陀還是上帝，祂不接受你我的要脅。

宗教門派的碉堡也因超自然而築成，他們在人生和自然的這一部分，原來也有共同目標、共同語言，有時降低層次，各教派也可以一同救災或祈禱世界和平，那深溝高壘的，還是一意與人隔絕。有位學者指出美國華人之所以不能團結，原因之一在宗教信仰，其實何止華人？何止美國？

有人自以為活在超自然之中，可以用自己特殊的方法解決自己的問題，因而與其他人極不兼容。其實我們活在人生和自然之中，面對共同的問題，需要一致努力。有些宗教家說，我們在未生之前、已死之後，完全相同，今生今世才有重大的分歧；也許不然，我們生前死後彼此不同，一世為人，這才有了共同的命運。我們好比一個工作團隊，日出而作，照著一張藍圖；日入而息，各有各的臥榻。

那在超自然裡無法合作的，在人生和自然之中可以合作，也必須合作。

我想起臺灣在大逮捕的年代，治安當局把許多人拘禁在學校的大禮堂內，其中有許多基督徒，他們把胸前的十字架取下來，掛在東面的牆上，跪下祈禱；還有一些佛教徒，把胸前的佛像取下來，掛在西面的牆上，合十膜拜，這時他們背對背，各自皈依自己的信仰。然後他們轉過臉來，各人在人叢中找各人的同事、找各人的親友，共謀如何送出消息、取保釋放，這時他們面對面，對付共同的困境。

有些宗教不是說天地一監牢、人生一囚徒嗎，何不看看這個真實的故事？

一步兩腳印

中國有一句格言「一步一腳印」，我在陽明先生《傳習錄》裡看到過這句話。近讀陳忠信教授在《中國語文月刊》發表的文章，他說「一步一腳印」不妥，應該是一步「兩」腳印才好，他舉甲骨文、金文和小篆為證，「步」字分明兩隻腳，一前一後。

陳教授有學問，「步」是「距離」，設定距離要有兩個「點」，所以有兩個腳印。如果「步」不是名詞而是動詞，如果「步」是走出去，並引伸為延長、增長，那就要伸出去的那隻腳落了地才算數，「一步一腳印」，指增加的那個腳印。

聽施叔青居士和辜琮瑜博士聯席講述「創造與繼承」，想到傳統是一步兩腳印、創新是一步一腳印。當這伸出去的一隻腳增加了一個腳印以後，這一步已是兩腳印，也就是說，創新已成為傳統的一部分。傳統是昨日之創造，今日之創造是明日之傳統，創新是傳統的延長，當然創新可能失敗，但創新終必有人成功。

　　辜綜瑜博士的新著是《聖嚴法師的禪學思想》，書中有六百二十三條腳註，她以深厚的豐富學問做基礎，這是繼承，寫出聖嚴法師自成一家的禪學，也就是寫出一本沒人寫過的書，這是創造。別人研究中國禪學，辜博士這本書一定會成為那人書中的腳註，別人研究聖嚴法師，大概要以這本書做新的起點，這是被別人繼承。

　　這兩位貴賓給我們做了很好的示範，他們都「一步一腳印」往前走。由作家的成長到文化的發展，都是沿著這樣一條軌道：繼承，創造，繼承，創造……我是作家協會會員，今天有緣經過佛門，聽到一言半語，我難免想到「繼承」是創新的先修班，今天作家繼承什麼？要不要包括佛法，尤其是佛法裡面的「禪」？看中國文學史，那麼多中國作家受「禪」的影響，「禪」對中國文學起了那麼大的作用，究竟對我們有什麼意義？

　　我是基督徒，曾經一再為信仰做見證，今天我向諸位做另一種見證。我來到美國以後，喪失了創作的能力。有一天，我在一個小館子裡吃飯，櫃檯上有很多談論佛法的小冊子，信佛的人送來擺在那裡，跟人結緣。我隨手拿了一本，裡面有聖嚴法師的文章，我看見他說「同體大悲」，忽然全身震動，好像空中打了個雷。我陸陸續續找他的書，他的文章寫得好，能超越信仰的隔閡和眾生對話。我讀他的書，受到許多感動，得到很多啟發，慢慢恢復了創作。

後來我直接讀了幾部佛經，發現佛經寫得好，我是說文章寫得好。佛陀想普度眾生，設計了很多方便法門，祂也一定考慮到怎樣說最有效。祂不能只靠「拈花微笑」，拈花微笑只能是一時的美談，可一不可再，可以偶然不能經常。當年那些前賢翻譯佛經，又翻譯得那麼好！毫無問題是作家精進的範本。古人說半部《論語》安天下，我說半部《心經》學文章。把《心經》當作佛法的精義，我沒有能力去探討；如果把《心經》當作一篇文章，我還可以說上幾句。那幾年，我勸很多作家朋友讀佛經，可惜他們不聽我的話。

當然，佛經不僅僅是文章，它還有教義，也就是佛法。像我這樣一個作家，只能看見佛法是對人生的詮釋和批判，能增加生命的深度和高度。在理論上，作家生命的高度和深度，決定他作品的高度和深度，這就從根本上改進了、或者改變了他的作品。我在這方面得到的利益還很少，別再仔細追問我。作家近佛，不是為了成佛，不是做弘一大師，弘一大師還寫小說嗎，還編劇本嗎？我聽說佛法在人間、文學也在人間，我希望佛法成全作家，不是消滅作家。

佛家有四弘誓願：煩惱無盡誓願斷，眾生無邊誓願度，法門無盡誓願學，佛道無上誓願成。我仿照四弘誓願也寫了四句話，算是文學四願：文心無語誓願通，文路無盡誓願行，文境無上誓願登，文運無常誓願興。

技與道

——從《關山奪路》談創作的瓶頸

這些年，我一再告訴朋友們，我移民出國以後，一度喪失了文學創作的能力，幸虧佛教的教義啟發我，我才突破瓶頸。我的回憶錄第三冊《關山奪路》，醞釀了十三年才動筆，有人問為什麼要那麼久，我說這十三年是我的「漸修」。朋友們對我的這一段歷程有興趣，一再要我說給大家聽聽。

文學作品是一種「藝」，它的基層是「技」、上層是「道」。且舉周邦彥的一首〈浣溪紗〉做說明：

樓上晴天碧四垂，
樓前芳草接天涯。

勸君莫上最高梯。
新筍已成堂下竹，
落花都上燕巢泥。
忍聽林表杜鵑啼。

先看技的部分：這首詞每句七字，一共六句，分成兩段，稱為兩闋或兩片。

上片三句，每句七字，句法也相同，句句押韻，十分暢順流利，使讀者不假思索接受詩人布置的幻景。

我們在生理上要求四句成一組，與我們的呼吸脈搏配合協調，我們期待第四句，但三句戛然而止，形成「頓挫」，避免順流而下、一瀉到底，挽救了「平滑」。你也可以說它有第四句，那是個休止符。

下片依然三句，讀者有心理準備，期待接受三句成組、句句押韵。可是下片第一句突然不押同韻，意義也隨著出現轉折，這也是頓挫，於是「兩片」重疊而不重複，有抑揚變化。

再看道的部分。在詩人筆下，「清平世界，朗朗乾坤」，能見度甚高，有穩定的秩序，自然人生，看似平靜，其實因緣無常，隨時都在變化。樹林裡的杜鵑鳥提醒我們「不如歸去」，回哪裡去？傳統的解釋是回家，也許我們還可以有更深一層的體會，吾人不要貪戀一時光景，流連忘返，要尋求心靈的歸宿、安身立命的地方。

由「新筍已成堂下竹，落花都上燕巢泥」，聯想蘇東坡的「老僧已死成新塔，壞壁無由見舊題」，兩者的「道」相同，但藝術技巧似乎有高下，可說道同而技不同。還有王灣的「曉日生殘夜，江春入暮年」，也是用兩件新事物代換兩件舊事物表示演變，但日夜輪轉、冬春輪轉，其中有《易經》「陰極生陽、陽極生陰」的思想，可說技相似道不同。

還有杜審言的「雲霞出海曙，梅柳渡江春」，描寫繁盛景象，頂點不下降，是大戶人家最喜歡的春聯，也是技雖同而道不同。

藝術無技不成形體、無道沒有高度，它的下層是科學，上層是玄學，上下融合，道成肉身。

作家不能創作，可能因為技窮，也可能因為道窮。我記得南宋有一位詞人，宋亡之後不再寫詞，有人問他為什麼，他說我「理屈詞窮」。「詞窮」一語雙關，容易了解，「理屈」則耐人尋味。

世上為什麼有文學，我認為那是因為人關心人、人對人有興趣。人喜歡到人多的地方去，主要的目的是看人，在中國，正月十五元宵節到了，多少人上街看燈，他看人的時候多、看燈的時候少。在臺北，陽明山的花季到了，一天有十萬人上山，他看花的時間少、看人的時候多，他下山以後和朋友分享，談花的時間少，談人的時間多。「春風得意馬蹄疾」，一天可以看遍長安花，一天看不完長安人，所以看花不能騎馬。

因為人關心人、人對人有興趣，所以才有文學家寫人、表現人，才有人寫《紅樓夢》，才有人寫《冰島漁夫》，兩位小說家說了，他寫，是因為他忘不了那些人。因為人關心人、人對人有興趣，所以我們才去讀《紅樓夢》、《冰島漁夫》，我們願意認識、願意了解那些人。如果不是人關心人，人幹嘛要去看戲呢？戲劇這個行業怎麼能存在呢？「演戲的是瘋子，看戲的是傻子」，但是我們仍然去看。

我是一九七八年到美國的，那時候，我對人完全喪失了興趣。我由舊金山入關，進關的時候，我對接飛機的朋友說，這是我的空門。我到紐約，站在唐人街看人來人往，幾乎沒有感覺，對我的同類不理解、不接受，我好像在太空艙裡，處於無重力狀態。我怎麼還能有文學創作呢？這大概就是「理屈詞窮」。蘇曼殊說「與人無愛亦無嗔」，蘇東坡說「也無風雨也無晴」，我的心情差不多也是那個樣子。

這是「道」出了問題。為什麼會出問題？「小孩沒有娘，說來話長」，今天不說也罷。我曾經反覆思索怎樣「恢復」對人的關懷，後來我覺悟，我需要的不是恢復，而是升高；不是退回去，而是走出來。這就要鄭重提到佛教對我的影響。

我不關懷別人，是因為我堅持某種是非標準，這個是非標準以自我為中心，我用它審判別人、否定別人。最後，在我心目中人都沒有價值，既然「人」沒有價值，我自己又有什麼價值？我也是一個人，一個沒有價值的人，做什麼都沒有價值！這不僅是我寫作的瓶頸，更是我生命的危機。

我終於發覺是非是有層次的，有絕對的是非，黨同伐異，誓不兩立。有相對的是非，公說公有理，婆說婆有理，此亦一是非，彼亦一是非。還有一個層次，沒有是非，超越是非。老祖父看兩小孫子爭糖果，心中只有憐愛、只有關心，誰是誰非並不重要。文學的先進大師一直教我「入乎其中、出乎其外」，把自己的心分裂成許多塊，分給你筆下的每一個人，我聽見了，不相信。佛法教人觀照世界、居高臨下、冤親平等，原告也好，被告也好，贏家也好，輸家也好，都是因果循環生死流轉的眾生，需要救贖。我聽見了、相信了。

我有了上面的領悟，一下子就和大作家大藝術家接軌，作家筆下的人物好比眾生，作家就好比是佛菩薩，人物依照因果律糾纏沉迷，他們每一個人都有充分的理由那樣做，他們都不得不那樣做，他們害人，同時自己也是受害人。他們都對了，同時也都錯了，他們都是在作業、都是在受苦。作家也像佛一樣，他不能改變因果，但是可以安排救贖。救贖不為單方面設計，是為雙方而設、為十方而設，同體大悲，他同情每一個人。蕭伯納說，他和莎士比亞都是沒有靈魂的人，依我的理解，他是表示沒有立場、超越是非。說個比喻，看兩個人下圍棋，他為黑子設想，也為白子設想，也就是耶穌說的：上帝降雨在好人的田裡，也降雨在壞人的田裡。蕭伯納還有一點立場，莎士比亞真沒有，讀莎劇常想佛教。我說錯了沒有？

我不能創作還有一個原因，對文學的前途悲觀。

本來作家對文學充滿了理想和信心，文章是經國之大業、不朽之盛事，落筆驚風雨，詩成泣鬼神，為了創作，作家可以付各種代價。文無自信不立，作家寧可失之於自大，不可失之於自卑。

可是我這一代有很多戰亂，亂世文章一張紙，百無一用是書生，秀才遇見兵，有理說不清。好容易熬到太平年，文學又商業化了，讀書是娛樂，書是消費品，若說娛樂，它又遠不如電影電視，文學徒然庸俗化了（不是通俗化）！社會上有許多人以不讀書為光榮，大明星站在舞臺上昂然宣告，他十年來沒讀過一本書，臺下的「粉絲」鼓掌歡呼。作家也不讀書，「我是寫書給別人讀的」，製美國香腸的人不吃香腸。作家贈書給朋友，朋友隨手丟進垃圾箱，搬家的人難免要丟許多東西，第一批要丟的是書，到中國旅行難免要買許多東西，最後忘記買的大概也是書。

我禁不起這種磨損，喪失寫作的動力，佛教的教義保護了我對文學的信心。我聽說佛家認為功不唐捐，我們一舉一動、一言一行，都有無窮的作用和影響，像滾雪球越滾越大，滿山的雪都崩坍下來。別小看了你一句話，正如別小看了一根手指頭，指頭碰上按鈕，開動了一套精密複雜的機件，可以使火箭上天；一句話撞擊了複雜的人心，引發一連串因果，可以使一個地區大亂。佛家強調業果，寫文章是一種口業，人的口業造成後果，果的本身又是另一個因，因果因果因果，生生世世至於無窮。傻子說的話也不得了，「愚者言而智者擇」。天下興亡，匹夫有責，因為匹夫天天說話。

我看到有人介紹「蝴蝶效應」：亞馬遜河旁邊森林裡一隻蝴蝶，它的翅膀搧動空氣，引起一連串效應，因果因果因果，在太平洋上形成颶風。一句「應無所住而生其心」，中國出現了一位高僧，開闢一個宗派。傳教士一張傳單交給洪秀全，出來一個太平天國。美國前總統艾森豪說：「國家為個人而存在，個人非為國家而存在。」這句話慢慢分解臺灣威權統治，像一滴醋分解牛奶。那些年，我在臺北，三更半夜常常聽見裂開的聲音，就像住在河邊的人家，到了春天，聽見河裡的冰裂開。難怪《聖經》上說，上帝用「話語」造世界，words，他說words與上帝同在，他甚至說words就是上帝。張愛玲創造了一個名詞「琉璃瓦」，古人生了女兒叫「弄瓦」，張愛玲筆下有位太太，她生了好幾個女兒，這位太太說，她家的女兒是琉璃瓦。這個名詞多麼可愛，它使所有的女孩都可愛、所有女孩的母親都有尊嚴，她這一句話創造出一個小世界來。

朱子說過，「天底下有我朱晦庵，就多了些子；天底下沒有朱晦庵，就少了些子。」我也可以說，天底下有我王鼎鈞，就多了些子。楊國浩博士告訴我一個定理，半杯冷水加半杯開水，那會是一杯溫水，不會是一半熱水一半冷水。我想到如果我是一滴開水、社會是一杯冷水，這一滴開水加進一杯冷水裡，這杯冷水就提高一點溫度；如果我是一滴冷水、社會是一杯熱水，我這一滴水加進一杯熱水裡，這杯熱水就降低一點溫度。那一大杯水沒有辦法拒絕我這一滴水，他不能像封鎖病灶把我密封起來，他只有接受我、只有讓我擴散。

小說家水晶後來成了學者，研究張愛玲很到家，當他是小說家的時候，我跟他很熟。他對我說，某人偷偷的襲用他的小說情節，某某人使用他的句子而不註明出處，他很生氣。我告訴他，那些人是在向你敬禮，他們在擴大你的影響力，現在想想，如果為了這個生氣，孔子釋迦豈不氣死？「前人地，後人收，還有後人在後頭。」天下為公，一切我執都放下，你只要利益眾生，不要想自己的名字。這些年我看報看書看電視，常常看見別人使用我以前寫出來的東西，有時候還掛在大人物的嘴上，當然不會有我的名字。大人物說話，總有許多人呼應附和，報紙電視網路也紛紛報導，我看見我這隻蝴蝶、我這一滴水發生了效應，沒人記得還有一隻蝴蝶。有時候，最好沒有人知道還有這隻蝴蝶。

最後還有一個原因，自己在藝術上不能進步。文藝界有個笑話，某人稱讚一位老作家，說他四十年前就是有名的作家，「創作四十年，始終維持原來的水準。」既然「始終維持原來的水準」，沒有挑戰，沒有探險，如何還能不厭倦？

當我還是一個文藝青年的時候，曾經到臺灣大學聽印順法師的一場演講。散場的時候，我上前問他佛法和文學創作的關係，他說「百藝因佛法而精妙」。我一時聽不明白，他就把這句話寫在紙上給我看，那時候我不懂事。這張字條沒有保存起來，可是也沒丟掉，它一直在我心裡。

那時候，我那般年紀的作者，多半受中國儒家和西方寫實主義薰陶，強調求「精」，讀小說讀到巴爾札克，自以為找到文學的盡頭，我們知精而不知妙。

那時候，在我們中間流傳一個故事，古代某位工匠用黃金雕成一片樹葉子，整整化了三年工夫，他把這片金葉獻給國王，國王的批評是，如果上天三年才生出一片葉子，世人豈不都要餓死？三年成一葉，精益求精，國王竟只講實用，不知藝術欣賞。現在回想，我們也是一知半解，三年成一葉，精則精矣，國王不應該問它有何用處，應該問到它到達妙境沒有。

我終於知道，藝術造詣除了求精，還要求妙。依我體會，儒家能精不能妙，人一能之己十之，人十能之己百之，鍥而不捨，金石可鏤，太精，妙就不見了。道家能妙不能精，得魚忘筌，不求甚解，但得琴中趣，何勞絃上聲，太妙，精就顧不到了。只有佛法圓滿究竟，可以不落空，也不落有；可以勇猛精進，也可以離相。靠他這一套理論指引鼓勵，藝術家可以精中有妙、妙中有精，一個不可說的境界，等作家藝術家攀登。在這方面，我們需要有人繼續探討、繼續實踐。

下面分享我最重要的心得，希望各位方家思考批評。

精　　妙

盡善　　盡美

功力　　悟性

大地　　天空

1　　0.99999999999999

至矣盡矣　　無窮無盡

相內　　相外

可見　　可信

色　　空

法，法非法　　法非法，非非法

憑努力可以精，不能妙。精可言傳，妙不可言傳。即使是佛像，精品多，妙相少，畫家一心一意用「精」表現皈依的虔誠，就執著了。精在相中，妙在相外，精可見可信，妙不可見仍可信，因為信，不可見的也成為可見的了。獨見不能共見，合眾多獨見成共見，如人飲水，冷暖自知，但是你知我知他也知，你我他共飲長江水。

我也有四弘誓願，「文心無語誓願通，文路無盡誓願行，文境無上誓願登，文運無常誓願興。」覺悟太晚，朝聞道夕寫可矣！文學藝術也有個「妙高臺上，不容商量」，只有佛法可以跟他商量，這個層次我想得出、做不到，才力不夠。我只能文路無盡誓願行，只能越走越近，不能越走越高。至於「文境無上誓願登」，期望天才橫溢的作家、因緣俱足的作家。我雖然做不到，仍要鼓吹宣傳，朝聞道，夕講可矣！

【附錄】

校對小記

林文義

這是至今從事最久的一次校對過程。

審慎莊重拜讀屬於散文前輩的心血精粹，如此高飛深潛，如此宏論慧思。鼎公回憶錄四部曲已然完成文學典範一生，竟繼之散文雋著：《桃花流水杳然去》放懷抒言，情緻深邃，黃金年華光澤曖曖，讀來逐頁皆是大智慧。

有幸曾在大西洋岸冬雪的紐約拜見王鼎鈞先生，與作家郭松棻、李渝伉儷踏雪前來為我賀四十三歲生日（見拙著《歡愛》：〈紐約日記〉爾雅版），燭光盈亮中，鼎公笑顏靜好；窗外雪落，竟感不冷，是我永難忘懷的溫潤。

十六年後的冬寒靜夜，逐一拜讀鼎公新著校樣，猶若親炙、請益於前，這福分是文學研習四十年之我少有的美好豐收。隱地先生囑代二校實是容我先睹為快的慷慨與疼惜，因而不敢輕慢，逐字隨句尋索排版誤植。以讀者身分的謙卑學習、體會當代最卓越的散文大家行風走雲的典範；桃花芳郁，流水淨心，意外的多美麗。

遙想從前鼎公名著：《碎琉璃》呈現欲言似止的內斂與隱忍，符碼之藏匿應該正是後來延展為皇皇鉅作的回憶錄四部曲的初衷。冬夜校讀鼎公新書深切感知昔之「碎琉璃」已然碎片昇華為星光，大千熒熒如星雲永恆的迴繞、綿延出無比的灼見真知。史論、文學、宗教、美感匯通澈悟，這是鼎公文學的一大功德，亦是華文世界讀者值得珍藏的智慧之書。

【旅人之星】MS1062

桃花流水杳然去

作　　者❖王鼎鈞
封面設計❖兒日
版面排版❖張彩梅
總 編 輯❖郭寶秀
特約編輯❖林俶萍
校　　對❖王鼎鈞、林俶萍
行銷業務❖力宏勳、楊毓馨

發 行 人❖涂玉雲
出　　版❖馬可孛羅文化
104台北市中山區民生東路二段141號5樓
電話：02-25007696
發　　行❖英屬蓋曼群島商家庭傳媒股份有限公司城邦分公司
104台北市中山區民生東路二段141號11樓
客服服務專線：(886) 2-25007718；25007719
24小時傳真專線：(886) 2-25001990；25001991
服務時間：週一至週五9:00～12:00；13:00～17:00
劃撥帳號：19863813　戶名：書虫股份有限公司
讀者服務信箱：service@readingclub.com.tw
香港發行所❖城邦（香港）出版集團有限公司
香港灣仔駱克道193號東超商業中心1樓
電話：(852) 25086231　傳真：(852) 25789337
E-mail：hkcite@biznetvigator.com
馬新發行所❖城邦（馬新）出版集團 Cite (M) Sdn. Bhd.(458372U)
41, Jalan Radin Anum, Bandar Baru Seri Petaling,
57000 Kuala Lumpur, Malaysia
電話：(603) 90578822　傳真：(603) 90576622
E-mail：services@cite.com.my
輸出印刷❖前進彩藝有限公司
初版一刷❖2018年10月
定　　價❖450元

ISBN：978-957-8759-35-0（平裝）

城邦讀書花園
www.cite.com.tw

國家圖書館出版品預行編目（CIP）資料

桃花流水杳然去／王鼎鈞著. -- 初版. -- 臺北市：馬可孛羅文化出版：家庭傳媒城邦分公司發行, 2018.10
面；　公分. --（旅人之星；62）
ISBN 978-957-8759-35-0（平裝）

855　　107015233